平安夜的賓館總是客滿

台灣推理作家協會第十二屆徵文獎

台灣推理作家協會——編
Mystery Writers of Taiwan

推薦序

繼續向前

杜鵑窩人（推理小說評論家）

原先由「台灣偵探俱樂部」所舉辦的「人狼城文學獎」，在「台灣偵探俱樂部」改名爲「台灣推理作家協會」以後，也正式更名爲「台灣推理作家協會文學獎」，但是屆數依然延續之前的結果，繼續累積著以前的成果計算下去，故從二〇〇三年的第一屆算起，迄至今年則已經是第十二屆的短篇推理文學獎徵文比賽。如今應該也成爲台灣推理文學徵文獎延續最久的賽事。

這個文學獎一開始是完全的私人活動，純粹是愛好台灣本土推理創作的幾位熱心人士出錢出力而創立，而當「台灣推理作家協會」在內政部立案正式成了社團法人組織之後，這個徵文獎也更具公信力。至於「台灣推理作家協會文學獎」其舉辦的初衷，乃是在「台灣偵探俱樂部」成立後的第二年，爲了鼓勵有志於文學創作的作家能夠投入創作推理小說的行列，故大家不自量力地合資以首獎三萬元的些許獎金，開始向外界徵稿。從首屆五篇參賽，首獎從缺；次屆也是五篇，當時還引起內部一陣討論，是否大環境的時機未到，應該停辦？經過一陣辯論後，大家一本初衷依然持續辦下去，並進而將獎金提高至五萬元，期待更能吸引創作者參賽，爾後經過大家積極參與，才有至今的成績。而從第十屆起，本會與「要有光出版社」的合作，讓徵文獎的作品可以成爲實體書本出版，並且使讀者於最後結果出爐前便得以閱讀入圍決選的作品，讓讀者也有參與最後決選的感覺。在此本人非常感謝「要有光出版社」願意積極支持台灣本土推理創作的扎根工作。

「台灣推理作家協會文學獎」的評審一向是秉持著公開、公正、公平的原則。當然以前在網路上曾有批評的聲音，指出「台灣推理作家協會文學獎」的得獎作品的取向都偏向本格推理，應該只是巧合而已。尤其最近幾年的評審所選出來的作品已經有各種形式派別的推理小說，更可以印證此一說法的不實，參賽作品並不會因爲迎合某一種派別的寫法就一定能脫穎而出。而另一方面，堪稱目前國內最大型的華文推理小說競賽「島田莊司推理小說獎」前三屆的得獎作者皆是本「台灣推理作家協會文學獎」的參與者，也讓「台灣推理作家協會文學獎」成爲有心於推理小說創作者的極佳試金石，本人身爲第一屆至今仍擔任的決選評審亦是與有榮焉。說實話，文學獎只是一種鼓勵創作的手段，在現今大環境不允許的情形下，並不敢奢望得獎者皆可以成爲著作等身的作家，卻依然衷心期盼在台灣本土推理創作上燃起星星之火，等待與希望將來會有著野火燎原的那一日。更感謝曾經幫助和參與「台灣推理作家協會文學獎」和「台灣推理作家協會」的所有朋友，我個人確信大家都會是台灣本土推理創作背後最重要的推手！

目次

3 推薦序 繼續向前／杜鵑窩人

7 ETC殺人事件／呂仁

69 山婆假燒金／唐墨

117 平安夜的賓館總是客滿／餅乾怪獸

163 推理遊戲／霞月

209 意外計畫／張乃玓

249 第十二屆台灣推理作家協會徵文獎準決選評審會議

ETC殺人事件

一、現在（二〇一四年一月六日）

眼見南下往楊梅交流道[1]的下坡在即，我拿出放在副駕駛座椅墊上的那支手機，按了通訊錄，找到我的電話號碼，撥出。

手機擴音傳來我自己設的來電答鈴，不一會兒就接通了，我沒說話，對方也沒說話。

這個當然，我的手機沒帶出門，放在中壢的家中，我裝了一個會自動接通的手機ＡＰＰ，家裡也沒其他人，所以當然沒有人會和我說話。

我讓電話持續通話有五分鐘之久，然後掛掉。

車子繼續南下，經過湖口交流道然後見到往湖口休息站的指示牌，我便繞進了休息區，找了車位停下來。

我走進商店裡，買了杯咖啡後坐了下來。我看了看錶，這時，阿達已經到了楊梅路段附近，應該

---

1 為使不熟悉地名與距離的讀者也能流暢閱讀本作，此處列出國道一號在本作中出現的名稱與里程，由北至南分別為：臺北交流道（重慶北路）25K—中壢交流道62K—楊梅交流道69K—楊梅收費站71K—湖口交流道83K—湖口服務區86K—竹北交流道91K—三義交流道（車亭服務區）150K—泰安服務區159K—臺中交流道178K。（資料來源：國道高速公路局：交流道、收費站、服務區里程一覽表）

馬上就到了吧！現在高速公路的休息站愈做愈精緻了，坐在裡面悠閒啜著咖啡，還眞能緩解長程開車的疲憊吧！

心情正悠哉，此時手機響了起來，把我嚇了一大跳，趕緊手忙腳亂拿出電話。

「喂？」

「寇A！是我阿達啦！」

「到了？」

「不是。」

「不是打給我幹嘛？」

「我錯過湖口休息站了！」

「幹！你是白癡嗎？休息站這麼明顯怎麼會錯過？」

「我有看到『湖口服務區』，但是不確定是不是那就是你說的『湖口休息站』，所以我猶豫之間就錯過了。」

「你眞是天龍[2]到家了，這種事都不知道。」

---

2 「天龍人」通常指對臺北市以外的地方、真正的公平正義冷感甚至是無知的臺北市民眾，而其中房價高、象徵高社經階級的大安區、信義區以及士林區天母的居民常被稱為「天龍城人」，而這個詞彙常常也被幽默地借代臺北。（維基百科詞條：天龍人）

「然後我看到竹北的標示就知道過頭了。」

「算你還有點地理概念。事情都辦好了？」

「好了，老早就辦好了。」

「那下一個休息站，不對，那就改在下一個服務區碰頭。」

「好。」

我抄起車鑰匙，三步併作兩步往停車位衝去。

二、過去（二〇一三年十月八日，我家）

酒過數巡，阿達話變多了，也開始不經大腦。

「我告訴你，寇A，我真的對我家那個母老虎失去耐心了，她居然敢拿菜刀丟我耶！」

「看你現在好手好腳的，應該是有閃掉吧？」我問道。

「不，我一緊張轉身就跑，所以其實她一刀砍在我背上。」

阿達轉身作勢要脫衣服給我看。

「最好是。」我說。

我叫許書銘，閩南語的「許」念做「寇」，所以我常被稱作「寇A」，然後據別人說我老喜歡苦著一張臉，閩南語「苦的」讀起來也是「寇A」，所以這外號就一直跟著我了。

而鍾昌達就與所有姓名中有「達」的人一樣，人也阿達阿達似地少根筋，於是外號便叫做「阿達」了，阿達與我是高中同學，國三那年的高中聯考，我剛好是最後一屆的考生，我聽從學校輔導老師的建議，放棄桃聯[3]，跑到臺北考北聯，結果還真上了前三志願，結果就在臺北念高中了，阿達則是不折不扣的臺北人，從小到大都在中正區居住、就讀，我們兩個異常投緣，沒事就混在一起，即使他現在結婚了，我仍然打著光棍，這種情形還是沒有改變。

阿達最近老為家庭失和而登門大吐苦水。一開始的抱怨，是關於阿達在家中失去地位。

「說老實話，誰都會犯錯，而我這不就浪子回頭了嗎？誰知道靜嫻她根本就沒有原諒我嘛！」

「早告訴過你啦！免費的最貴，也不想想自己家裡太座是什麼狠角色，還敢動歪腦筋偷吃。」

靜嫻是阿達的老婆，兩人才結婚三年而已，膝下無子，應該是正甜蜜的時候。而阿達卻自以為帥氣風流，遇到漂亮美眉都忍不住多說幾句話，結果半年前被手機通訊軟體「LINE」裡面的陌生美女詐騙，丟了三萬元，靜嫻大為光火。

3　桃園區公立高中聯考，簡稱「桃聯」，依地區分尚有基聯、桃聯、南聯、雄聯等。臺灣在「國民中學學生基本學力測驗」實施以前，高中職入學採行聯考聯招制和推薦甄選，一年舉行一次聯合考試（約在七月上旬），獲得該成績後，填選志願卡，依據考試成績分發錄取學校。

「我哪有偷吃！我是被騙好不好，怎麼連你也不相信我？」阿達忍不住抱怨。

我是不相信他沒錯，但我怕他愈想心情愈差，到時酒後好友口角後動手動腳鬧出人命，保證明天上社會版，這樣就不好了，於是我故意不回他話。

靜嫻覺得阿達是意圖買春結果被詐欺，而阿達聲稱是遇到單純詐騙，對方僞裝成公司裡的離職工讀生美眉，臨時有急事而借款，她說是媽媽要開刀，這說詞多老套啊！結果阿達就傻傻跳了進去，她根本就不是阿達心想的那個人。我是覺得，就算不是買春，阿達借錢給漂亮美眉應該也不安什麼好心，難保不會趁借款還款之便趁機親近一下，所以我對於阿達是沒有太多同情的。

雖然靜嫻口頭上說原諒，但實際上對阿達管控更加嚴格。原本阿達戶頭現金配額就只有三萬元，所以也只被騙三萬元，自從詐騙事件之後，阿達的戶頭剩下五千元，其他額外開銷一律需要事前報准。除此之外，靜嫻覺得自己就是因爲關在家裡，所以婚後的三年來逐日逐月逐年退化成黃臉婆，因此她大筆一簽，刷了二十萬去微整型，據阿達說是連外人看不到的地方都整了，下一步就是外出上班。

「你要往好處想，靜嫻變美也是你臉上光彩，牽著她出門不是很有面子嗎？」

「我本來也是這樣想，但是從她整型、又出門上班之後，我們幾乎沒有一起出門過。」

「你們不是固定一個月回去一次臺南嗎？」

阿達父母原先也住臺北市，前兩年退休以後就搬回臺南老家定居了，臺北的房子就留給兒子媳婦兩人住。

「就只有這種演給我家長輩看的例行公事啊！現在連回她老家她都自己回去耶！」阿達還是抱怨。

我手機響起，接過一看是郁蓁的電話，說她等一下要過來我這邊。

「阿達，該滾了，郁蓁等一下要過來。」

「要結婚了沒啊？郁蓁是個好女孩啊！」

「我本來是有想，但是我覺得靜嫻婚前也是好女孩啊！看見你現在這麼慘，我們還是彼此多了解一下好了。」

「你以為我婚前了解得不夠多嗎？」

「少廢話了，快走快走。」

我急著打發阿達走，我可不想郁蓁來的時候，阿達還在家裡，這樣郁蓁會覺得阿達是被她趕走的，瞧瞧我多貼心。

三、現在（二〇一四年一月六日）

我一時想不起來湖口服務區下一個服務區是什麼。對了，是泰安，臺灣曾經發生「南迴鐵路搞軌案」，那時的犯罪嫌疑人之一叫做李泰安，他就在家門口設了一個「泰安休息站」供媒體記者守候，就跟高速公路的泰安休息站名稱一樣。

對了，雖然高速公路設有「服務區」，但是一般人常以「休息站」稱之，也難怪阿達這種足不出臺北市、又不開車的人搞不清楚了。他老是嘲笑我住在臺灣泰國殖民地，住的地方是大了一點，但是品質奇差，到處都可見外勞走動。他說這話眞是既無常識、又沒禮貌，桃園的創稅能力僅次於臺北市，高於新北市與高雄市，工業產值更是新竹科學園區的兩倍多，這些數字沒有外籍朋友的努力也無法達成。

如果可以靠著開百貨公司、銀行或是設個企業總部就能發展，哪個地方不想要這種乾乾淨淨、光鮮亮麗的產業？講了他也不聽，我只好笑他是目空一切的天龍國人。

因爲比阿達晚出發，阿達又依計畫以最高速限狂飆，所以我也加足馬力，往南下開去準備迎頭趕上。湖口以南的高速公路是三線道，車速快不起來，我只好祈禱在抵達泰安休息站前，阿達不要再節外生枝了。

十多分鐘後，手機又響了起來，比我預期還要早，阿達有可能這麼快就到泰安嗎？湖口到泰安有七十多公里耶！

「我到了，可是這個休息站要下高速公路耶！好奇怪！」阿達不祥的聲音從手機裡傳來。

「你看清楚一點，你現在究竟在哪裡？」我吼道。

「這附近有西湖渡假村啦！」

他這樣說我就知道了。西湖渡假村在苗栗三義，我曾經在某一年該渡假村的桐花祭活動開幕當日就進去遊覽，結果因爲花期未到，踏遍園區找不到一朵花。

「你是不是在車亭休息站？」我問。

「咦！對對對，就是車亭休息站。」

阿達這笨蛋。

「我們不是說好是高速公路的休息站嗎？」

「這不是嗎？」

「你剛剛有沒有經過交流道下高速公路？」

「有啊！」

「所以它當然不能算是高速公路上的休息站啊！」

這個死天龍人。

「我又不知道。」

「車亭休息站是私人經營的啦！它不是高速公路局管的。」

「我不知道啦！」

「你眞的是阿達阿達耶，你都下了交流道，這樣車子會被記錄到啦！」

「那現在是要怎樣？」

「將錯就錯吧！我好好想想，你不要亂跑，在那裡等我。」

車亭休息站雖名爲休息站，卻是私人經營的，位在三義。我曾經納悶爲何這個不在高速公路上的休息站經營得起來。一來我覺得它遠，要下交流道的休息站一定比在高速公路邊的官方休息站遠；二來沒有官方監督，好像什麼人都可以進去賣東西，萬一吃東西拉肚子也不干高速公路局的事。

直到我親自跑了幾趟，我就知道爲何車亭休息站甚至比官方休息站還出色了。首先是它沒多遠，雖然要下交流道，但是一下交流道就到了；二來它便宜，比起幾家大財團標下的高速公路休息站，因爲不需要付給政府權利金，所以車亭休息站的食物是物美價廉許多。

總算到了。我看一下里程，六十五公里，原來湖口到車亭大概六十五公里，也沒近多少。

四、過去（二〇一三年十月十一日，我家）

阿達喜歡搭火車到中壢找我，一來是因爲他沒車，我家又是火車站步行可及的地方；二來他來找我總愛喝上幾杯，沒開車也就不用擔心酒駕的問題。

「我眞的覺得我被那母老虎管太多了。」阿達繼續相同的話題，我都快聽煩了。

「你要多花一點時間才能把她對你的信任贏回來啊！」

「我也知道這個道理。」

「犯錯的是你，所以你就認了吧！」

「你知道嗎？我現在用2G手機耶！」

「眞的假的？」

「你看。」

阿達拿出一支NOKIA的舊式手機。

「眞的耶！現在智障型手機眞是愈來愈少見了，壞一支少一支，你還是珍惜著用吧！」

「我現在的裝備比國中生還不如。」

我忍不住偷笑。

「笑屁啊！」

「你不會偷偷去辦一支？」

「我那一點微薄的零用錢，辦智慧型手機以後就沒剩多少了啊！更何況購機費與月租費加一加，我不就要餓肚子了？而且萬一她發現，不就以爲我死性不改嗎？」

「死性不改這四個字你也會寫喔？」

阿達不回話，直接一拳搥了過來，我則是笑嘻嘻地閃開。

「老實說，我覺得靜嫺最近怪怪的。」

「怎麼怪法？換她偷吃？」我隨意回話。

阿達像是被雷打到的樣子，呆了一呆，半天不說話，然後好不容易才擠出下一句話。

「她有跟你說？」

「怎麼可能？這種事不會告訴男生吧！跟她姊妹淘說還有可能。」

「我是眞的懷疑她偷吃。」

「什麼？我亂猜的耶！」

「她去上班這四個月，變得早出晚歸，上班時間我查勤她也不接。」

「你是擔心她整型以後變得更正更辣，會有狂蜂浪蝶接近是嗎？」

「我的懷疑很有根據耶，你想想，以前人結婚以後就叫做『死會』，連狗都嫌，這年頭已婚女子叫做『人妻』或是『少婦』，你不覺得聽起來色色的嗎？」

「是有一點點遐想啦！不過對正人君子而言，用詞哪有什麼差別？」我故作正經說道。

「問題就出在現在哪來這麼多正人君子，有機會偷吃就有人想要偷吃啊！」

「你是說你自己吧？」

「不是我，我是說靜嫻她們公司那些男同事，聽說每個都跟豬哥一樣。」

「不能怪他們，這正常啊！你沒聽過這個網路笑話：男性去應徵工作時，老是抱怨帶把的吃虧，根本就沒辦法和漂亮正妹競爭，在相同條件之下，一定錄取漂亮的。但是在進了公司之後，又希望下期進入公司的新人全都是正妹，一個男的都不要有，這樣自己機會才多。這是人之常情嘛！」

「君子好色，取之有道嘛！對別人的老婆不懷好意，這就太陰險了。」阿達繼續說著。

「聽你這樣說，難道是有確切的懷疑了？」

「靜嫺出去上班以後，加班時間很多，問題是新人根本就不會負責太多重要的業務，怎麼可能有這麼多班好加？」

「她怎麼說？」

「她說就因爲是新人，所以業務不熟悉，其他同事做得完，就她做不完，所以只好加班。」

「也是有點道理啊！」

「有時我也懷疑究竟是不是眞的加班，有幾次我打去她公司，明明她同事就說她下班了，我打手機不是沒人接，就是說人在客戶那邊，根本就是把我當白痴。」

「你會不會想太多了？公司一大，誰會知道哪個員工不在是因爲早退還是公出啊？」

「反正我現在是忍氣吞聲，畢竟錯的是我，但要是被我發現她也犯了錯，那我絕對不會善罷甘休。」

阿達惡狠狠地說道。

我心中涼了半截。

五、現在（二〇一四年一月六日）

我繞了停車場一圈，在最偏遠的角落看見了阿達開來的銀色豐田Altis。我們事前就約定停在最遠、最不會有人停的地方，所以我輕易地就把車停在阿達的旁邊。

人性就是這樣貪圖方便，停車時總要找個最近的位子不可，進大樓停車場總要找離電梯最近的位子，如果是停休息站就是要停離廁所最近的位子，就算看起來車子很多，也寧可繞來繞去找空隙，自以爲會走好運，覺得會有人剛好要離開。其實如果甘願停遠一點，停好車以後走遠一點，說不定早就找到位子停好車、上完廁所了。

果然如我的預期，遠的停車位根本沒有人想停。我與阿達的兩臺車都是豐田銀色Altis，車號差一碼，新舊接近，不注意看還眞不容易認清楚。據我事先調查的結果，這是臺灣最普遍的品牌、最普遍的車種[4]、與最普遍的車色。

---

4 和泰汽車七日發表臺灣車市有史以來最暢銷的TOYOTA Altis第十一代全新車款……Corolla車系於一九八九年正式導入臺灣販售，並於一九九〇年開始連續十年榮登進口車單一車種銷售冠軍。二〇〇一年Corolla Altis正式國產化，並成為臺灣汽車市場最賣座熱銷車種。從一九八九年導入進口Corolla開始至今年九月底止，已累計銷售超過五十六萬臺，為臺灣車壇單一車系累積銷售臺數總冠軍。（二〇一三年十月八日經濟日報：All New Corolla Altis全新上市）

我走向洗手間，阿達就在男廁外不遠處抽菸，看見我走近，他把沒抽完的菸熄掉，也跟著我進洗手間。

併排站在小便斗前解放，我問旁邊的阿達：

「順利嗎？」

「還好。」

「上高速公路以後，要記得打電話。」

「好。」

走到洗手臺，我把手機和車鑰匙放在洗手臺旁。

我瞥見阿達直到現在還戴著手套。

「你幹嘛還戴手套？」我頭也沒轉就問他。

「剛剛戴手套到現在啊！」阿達說得理所當然。

「戴手套要怎麼洗手？」

「所以我不洗啊！」

阿達一邊答，一邊巧妙地收起我留下的鑰匙與手機，然後留下自己的鑰匙離開了。我不疾不徐洗好手、順便洗把臉，彷彿真的是個長途開車的用路人似的，把手甩乾後，拾起他的鑰匙，離開廁所。

走回停車位，剩下我一臺車，計畫相當順利，我與阿達事先就約好在這裡交換車子，然後分頭進行下一步驟。

六、過去（二〇一三年十一月十日，我家）

阿達怒氣沖沖進了我家，也不管郁蓁就坐在客廳看電視，連招呼也不打，一進門就直搗冰箱，抓了罐啤酒就喝了幾口，然後一屁股坐在沙發裡。

「你說吧！要怎麼辦才好？」阿達瞪著我。

要不是郁蓁在場，我幾乎要當場就跪在阿達面前乞求原諒了。

「怎麼了呢？」我勉強擠出這句話來，然後也在沙發坐了下來。

「阿銘，你不是要載我回家，怎麼坐下來了？」郁蓁看著我。

「妳不會自己回家嗎？我跟寇A有話要講。」阿達說話了。

郁蓁瞪著阿達，見我不答話，只好說：「我有腳，我自己會走。」

她氣沖沖地離開，用力摔上門出去了。

「我們本來要去逛逛延平街的婚紗街，你看你把她氣跑了。」

「她明明就說要回家，哪裡是要逛婚紗？」

「女孩子家不好意思在外人面前表達想嫁的心聲啊！」

「這年頭還這麼傳統喔？」

「少廢話，你要跟我說什麼？」

「我昨天跟蹤靜嫻下班，沒想到她眞的被我撞見她和別人約會，還進了大直那家立法委員最愛的汽車旅館！」

「發現對方是誰了嗎？」

「這就是我最幹的地方，跟了半天卻沒發現姦夫是誰。」

我鬆了一口氣，還好我是在沙發上坐著，要是站著應該會腳軟。

「怎麼會這樣？」我鎭定下來以後問道。

「她在內科上班你知道吧？」

「我知道，內科是內湖科學園區，不是外科也不是婦產科。」

「她最近每週四都會找藉口晚歸，所以我就特意在週四跑去她公司門口埋伏，她走去搭捷運，我本來以爲她要直接回家，沒想到靜嫻在劍南路站下車了。」

「劍南路站就是美麗華百貨那一站嘛！」

「對啊！我以爲她要買點東西再回家，我正想要上前給她個驚喜，想說不如一起吃過飯再回去，沒想到她撥了電話又左顧右盼，像是在等人，我差一點被她發現，連忙躲了起來。她在百貨公司前的廣場走動，我怕被看到，所以跟得遠遠的，結果她一路朝著路邊走去，然後坐上一輛車，車子就開走了。」

「什麼車？你見到車號了嗎？」

「等我衝到路邊時車子早開遠了，只知道是黑色的，我拔腿就追，但車子剛好都碰到綠燈，沒幾秒就溜得老遠，我只看得見那輛車就往眼前的汽車旅館開了進去！」

「那你不會在門口等他們出來，看看究竟對方是誰？」

「我告訴你，我還就是在門口等！上汽車旅館不是兩小時就是三小時，結果我等到晚上十一點，等到靜嫻打給我問我怎麼還不回家！」

「你看漏了？」

「我怎麼會知道？說不定他們爲了防狗仔，所以有兩個出入口？說不定那傢伙早洩，最後他們三十分鐘就完事退房？」

「也對，這種大型的汽車旅館房間少說也幾十間，你又搞不清楚對方確切車號，黑色的車滿街都是啊！就算你每一分鐘都在門口盯著，只要隔熱紙顏色深一點，也看不進去，也不能確保認得出車裡的人啊！」

「我要報復。」

阿達發出復仇宣言。

「你要怎樣報復？外遇回去？」

「我要殺了那個淫婦。」

「不是吧！」

還好阿達不是說要殺姦夫，不然他現在要對我不利的話，我可是求救無門。

因爲我就是昨天和靜嫻在美麗華百貨外開房間的對象。

七、現在（二〇一四年一月六日）

換了車子之後，我繞回高速公路，往北開。

這時阿達應該要把我行李箱的東西載到臺中某個偏遠山區埋掉，我則是要耗掉三個小時以上，然後再換我處理掉行李箱的物品。

從中壢下交流道，開到中央東路附近停好車，然後打給張智揚。張智揚是我當兵的同梯，退伍後就到中國當臺勞，據他說可不是當臺幹，大概三四個月會回來一次，這回剛好找他殺點時間，順便當我這段時間的不在場證明證人。我們事先就約好幾個朋友要去唱歌，錢櫃的中壢中央店就在張智揚家附近。

一首接一首唱，看得出大家出社會以後就沒再關心歌壇動態了，怎麼唱都是學生時代會唱的那些歌，而能唱的朋友還是一開口就讓人如痴如醉，音感不好的朋友還是五音缺三音，儘管如此，愛唱歌的人不管唱得怎樣還是愛唱。

「欸，帥技安，你這首〈一場遊戲一場夢〉詮釋得不賴嘛！」我說。

技安不是因為長得胖、歌難聽、愛欺負人所以叫技安，而是因為他本名叫做紀安之，「既來之則安之」的安之，所以，他的外號就叫做技安。技安高高帥帥的，歌也好聽，與技安一樣的地方大概只有愛唱歌而已。

「那可不？這首我從幼稚園就練到現在，每次歌唱比賽都選這首，重點是聲音表情可以感動聽眾。」技安說得煞有其事。

真的是說笑，王傑〈一場遊戲一場夢〉發行的時候，技安應該才剛出生而已，離幼稚園還遠得很。

「對了，要我跟你們講幾次，各位大雄與小夫們，我現在改叫胖虎了，要不要加『帥』字則不勉強。」技安說道。

他指的是「小叮噹」於一九九七年正名為「哆拉A夢」，而「技安」也於二〇〇五年正名為「胖虎」這件事，而「帥胖虎」則是哆拉A夢中《樵夫之泉》的故事，胖虎掉到泉裡，湖中女神為了獎勵大雄等人誠實，而還了他們一個帥胖虎。

技安這麼說，我們當然不理他，他是叫做「紀安之」，又不是叫「胖虎之」，當然繼續叫他技安，幹嘛改叫他胖虎。

唱完這首〈一場遊戲一場夢〉，螢幕接著出現劉德華〈謝謝你的愛〉，發現不是他點的歌以後，就坐了過來，還批評了一句：「這什麼老歌。」

「我記得這首還比剛剛那首新嘛！」我說。

「我告訴你，最近我發現一本書，叫做《追捕銅鑼衛門》耶！」

技安當作沒聽見我剛剛的嘲諷，自顧自地往下說。

「銅鑼衛門是什麼？」

「就是小叮噹啊！」

技安雖然自稱胖虎，但是講到哆啦A夢竟然還是講小叮噹，讓我不禁莞爾。

「哆啦A夢是根據日文ドラえもん音譯而來，如果意譯的話，就是譯成『銅鑼衛門』。」

我一切關於小叮噹的知識，除了小時候看過的盜版漫畫之外，其他全都來自技安的誨人不倦了，他既然外號叫技安，也就對於這部漫畫投注了多於常人的關心。

「我倒覺得『銅鑼衛門』比什麼『哆啦A夢』好多了，中文字哪有這種中英夾雜的用法。」我是眞的這麼認爲。

「沒辦法啊！畢竟把小叮噹統一以音譯是作者藤子・F・不二雄的遺願啊！」

我曾經抱怨過他講藤子不二雄一定要加F這件事，他卻回說什麼藤子不二雄是藤子・F・不二雄與藤子不二雄Ⓐ的共用筆名，所以不能打迷糊仗。漫畫我是愛看，不過這些藏在作品之後的故事我就沒興趣了。

「我告訴你，這本《追捕銅鑼衛門》是寵物先生的書，是在講一位自稱來自未來的警察，到現代來抓銅鑼衛門的故事。」

「喔。」

有唱過歌的人就知道，在KTV裡溝通效率極差，常常這邊說什麼那邊聽不到，我也就不置可否隨意點頭，表示我聽到了。

我看了看手錶，與阿達在車亭休息站分開以後，已經過了兩個小時四十分鐘，再過一陣子，我就要藉故先溜了。

八、過去（二〇一三年十二月十七日，我家）

自從上個月阿達在我家酒後說要殺妻之後，我一直惶惶不安，我擔心會被阿達知道事情的眞相。我與靜嫻會走到一起，一開始也是因爲阿達。靜嫻找我抱怨阿達，然後要我幫她想想要怎麼治他。我就建議她出去工作，出去工作的話心胸會開朗一點、眼界也開闊，不會對柴米油鹽的小事斤斤計較，阿達也可能因爲靜嫻的注意力落在別的地方，而獲得些許喘息的空間。

靜嫻果眞出去上班了，除此之外，她還花了一筆錢把自己門面重新打理過。本來就是個小家碧玉，整型之後竟成了大家閨秀，而且美艷不可方物，我本來堅守朋友妻不可戲的心念，一直把持得很好，但在靜嫻領第一個月薪水、說要慶功宴那個晚上，在酒精的催化之下，我們跨越了那條道德紅線。

因爲阿達已經起疑，所以我逐漸減少與靜嫻的連絡，靜嫻卻對此大爲光火，揚言要離開阿達與我厮守。我期期以爲不可，我自己定位與靜嫻的關係屬於逢場作戲，要是靜嫻因此動了眞情，我與阿達勢必連朋友都做不成。爲了紅顏而與好兄弟撕破臉太蠢了，不是有這句話「兄弟如手足，女人如衣服」嗎？

更重要的是，我實在沒臉讓郁蓁這個初出社會的小女孩認清男人是這種用下半身思考的生物，而且，儘管我尚未有求婚的計畫，但在有意無意間，我會想想若往後與郁蓁共同生活的話，那會是怎樣的光景？這應該是想要定下來的前兆吧！

也因爲我對靜嫻冷淡處理，靜嫻時常悶悶不樂，回家後對阿達態度就更糟了。就在這種靜嫻威脅我要告訴阿達眞相、而阿達不滿妻子背叛又扯謊的狀況之下，要如何全身而退就成了我日思夜想的課題。

這天阿達再度抱怨靜嫻的背叛，我打算把我思考多日所得告訴他，但在那之前，我得探探他的眞正想法。

「你是眞的想要殺掉靜嫻？」

「這個當然，我無時無刻都在想報復的方法。她既然心已經不在我身上，我做任何事都激不起她的任何反應，你知道嗎？我甚至當她的面帶傳播小姐回家想要氣氣她耶！她見到以後，只說一句『今晚房間讓給你』就出去了耶！」

我當然知道，那天靜嫻就是跟我過夜的，我拗不過她的要求與她見面，我當然不會選擇我家，以免阿達或郁蓁想到就跑來按電鈴。

「結果傳播小姐比我還尷尬，我也不想多做解釋，然後想要用無負擔的性來紓解壓力，你說過免費的最貴，我聽進去了，這回我付費，總不會貴到哪裡去吧！結果她不會濕、我不會硬，最後我只好打發她走。我後來撥你手機，你一直沒接。」

我突然了解，爲何靜嫻那晚像是吃了什麼藥，出奇地狂放，原來事前還有這段經過。比起阿達的那個慘澹夜晚，我的那晚還眞是春意無邊。

「這樣費用要怎麼算？」我不禁好奇。

「你還眞的關心這種鳥事？」

「我想知道萬一哪天我打槍了小姐，是不是要付車馬費嘛！」

「你再胡言亂語沒關係。傷害我自己她不在乎，我只好選擇傷害她了。反正靜嫻負我，我也容不得她。」

「我想到一個方法，你要試試嗎？」

「你說。」

「這是用高速公路的漏洞來犯案。」

「哦？」

「高速公路本來是以收費站收取過路費，今年底改爲電子計費，走多少付多少，你知道嗎？」

「我知道，雖然住臺北市用不到高速公路，我也沒車，但是新聞有報。」

「那高級天龍人如你，一定會搭捷運吧！進站嗶一下，出站再嗶一下，捷運公司就知道要從悠遊卡扣多少錢。」

「你不要拐彎抹角了，那實際上要怎樣做？」

「你想想，假設你今天搭捷運，從新店進站到淡水出站，悠遊卡就只會記錄進出這兩站，誰也不知道你還跑去蘆洲跟網拍賣家不出站面交個什麼東西對吧！」

「對耶，可是會有監視器。」

「沒錯，所以如果要幹壞事，避開監視器自然是必要的，但如果一開始就沒有重大嫌疑，進出站記錄又正常，警察根本就不會細查。」

「可是時間會差很多耶，如果我中間溜去蘆洲的話。」

「這簡單。你不能臨時下車去大便嗎？大一次不夠就大兩次。你也別跑蘆洲面交，不能去善導寺站面交就好嗎？總有方法的。」

「也對。」

「而且高速公路與捷運有一個決定性的不同。」我故作神祕。

「什麼？」阿達的興趣似乎被我勾起來了。

「你不能決定捷運的速度，可是你可以決定上高速公路以後，開車的速度。」

「啊?什麼意思?」

「如果以國道一號,就是中山高速公路來看,北部路段最高速限一百一十公里,最低速限六十公里,假設從A地開到B地距離是一百一十公里,我若時速一百一十公里就要開一小時,你時速六十公里就要一點八三小時,如果同時出發,就整整差了五十分鐘。」

「那又怎樣?」

「也就是說,我們一樣從A地進高速公路,從B地出高速公路,我卻整整多了你五十分鐘可以作壞事,然後聲稱我只有開六十公里。」

「在高速公路開六十會被從頭叭到尾吧!」

「我只是舉個例子讓你聽懂,而且速限一百一十公里的話,取締標準多十公里,所以可以開到一百二十公里,而最低開個八九十公里,開最外線,應該說得過去。」

「這樣有多少空檔時間?」

「開愈遠的話,空檔時間就愈長。」

「對耶!這不就是完美犯罪嗎?怎麼沒人想到?」

「你傻了,這只是計畫成功的前提而已。」

「怎麼會?」

「假設你殺了靜嫻,然後飆車趕到B地,宣稱你在案發時都在高速公路上龜速開車。」

「不行嗎？」

「當然不行，只要你被盯上了，高速公路上有那麼多監視路況的攝影機，每個收費站也有攝影機，自然可以清楚掌握你幾點幾分行經哪裡，這麼一來你的不在場證明就瓦解啦！」

「那你的方法還是不行嘛！」

「就跟你說是前提了。」

「你快說要如何進行。」

「要留下完美的不在場證明，就必須在靜嫻還活著的時候進入高速公路，留下證據，然後靜嫻死掉時你還在高速公路上。」

「這怎麼可能做得到？」

「當然做得到！」

我露出高深莫測的笑容。

九、現在（二〇一四年一月六日）

我付了我這部份唱歌的費用，向大家告辭，要他們繼續唱。

走回車子邊，車前車後瞧瞧似乎沒什麼異狀，我發動引擎，開車出發。

離開中央東路，轉進中山路接民族路，一路往新屋開過去。新屋這個地方，去年因爲辦了桃園地景藝術節而全國知名，想起去年我也是趁著熱鬧跑到新屋看荷蘭藝術家霍夫曼創作的巨型黃色小鴨。

我的目的地是永安漁港旁的荒廢農地，那原是我姨丈的田，但由於海岸線退縮、海水滲入地下水層使得土質鹽化，地力貧瘠的緣故，已不適合耕作，於是姨丈乾脆休耕。而那塊農地上有一口井，正是我棄屍的好地方。

平日的永安漁港周邊、貧瘠的海邊農地，根本就沒什麼人，我依據上週前來探路的印象，順利找到了姨丈的田。小心駛入略嫌狹窄的道路，我把車停在距離井邊約莫十公尺處。

荒廢的井以木板蓋著，上頭再蓋上石塊，看來是擔心調皮小孩子玩耍不愼掉入井中。我搬開石頭，掀開木板，然後打開車子的行李箱。

靜嫻的屍體就躺在我行李箱裡，頭部用透明塑膠袋罩住，透過袋子看進去，靜嫻死時的表情相當猙獰，我不忍再多看。身體則是以透明的ＰＥ伸縮膜纏住。這種伸縮膜主要用於棧板收縮包裝，我常在貨車上見到，貨物堆到棧板上以後，以這種膜纏上幾圈，不僅防水防塵，還能保持貨品穩定。我也曾在影集《夢魘殺魔》中見到，主角德克斯特要動私刑之前，總把死者脫光後綁起來，看來眞是工業用、自用兩相宜。

我曾經讀過相關資料，屍體腐爛的原因在於空氣中的細菌，所以只要時間夠久，細菌就會把屍體腐爛成一堆白骨，井裡有沒有水倒是不會有多大影響。所以我在與阿達商議的時候，就決定以這個人跡罕至的井作爲棄屍地點，阿達也覺得這地點不錯。畢竟在黃色小鴨展覽之後，不知道何時新屋才會再度聚集這麼多人，而屍體被發現的機率，也就大大降低了。

我搬起靜嫻的屍體，原來人死以後會變重的傳聞是眞的。我回想起在汽車旅館裡的那些歡愉時光，我也不是沒有新娘抱過靜嫻，火車便當式的做愛姿勢也是偶有練習，但我從來不知道靜嫻可以這麼重。

一邊搬，我一邊默念阿彌陀佛，一邊注意四周有沒有好事的居民。我不禁要佩服起阿達來了，他居然有辦法在短短二十分鐘之內，騙出靜嫻、殺了她、還把屍體包得好好的。我沒有見到血跡，所以應該是依照先前計畫，用勒殺的吧！

把靜嫻丟入井中，依稀聽見水聲，原來井裡還有水。我把木板蓋回去，再把原先的石頭排好，看看時間，離開錢櫃已經一個小時又二十分鐘了。

十、過去（二〇一三年十二月十七日，我家）

「你剛剛說，要留下完美的不在場證明，但是我究竟要怎樣才能人在高速公路上，然後分身下去殺她？」阿達問道。

「我先把時間算給你聽。」

「嗯。」

「先挑個外縣市棄屍吧！你要挑哪裡？」

「臺中啊！我大學在臺中念，哪裡偏僻我哪熟。」

「有道理。」

我拿出紙筆和計算機，在紙上畫了個長橢圓形代表臺灣。

「假設你從臺北出發，從臺中下交流道，路程一百五十公里，時速一百二十公里的話，只要開一小時十五分鐘，如果你開最慢爲六十公里，那共要開兩個半小時，後者花了兩倍時間，所以表面上你有一小時五十分可以棄屍。」

「你不是說不可能只開六十公里？這樣開法還開不到新竹就會被警察攔下來吧！」

「對，最慢大概開八十公里說得過去，新手上路開外線開八十公里還有話說。」

「這樣我有多少時間？」

「別急。除了最慢不能開六十公里之外，最快你也開不到一百二十公里。」

「爲什麼？」

「我每天從中壢開車到林口上班，都走高速公路，按理說我平均時速上百應該沒問題吧！」

「沒有嗎？」阿達問道。

「根據導航系統的計算，均速只有七十多。」我說。

「爲什麼？」阿達再問。

「因為我要從我家出發，開一段市區道路，然後才上高速公路，下高速公路以後，又開一段平面道路，才到公司，所以平均時速會被拖慢。而且高速公路上也會減速加速，所以均速要達到一百二十公里幾乎不可能。」

「那要估多少？」

「因為我的計畫重點在於進出高速公路的時間，所以可以忽略市區平面道路的部份，就抓個九十五公里吧！這個速度我可以幫你做幾次實驗，抓出精確一點的數據。」

「一百五十公里的距離，如果開九十五公里與開八十公里，這樣差幾分鐘？」

我按了按計算機：「十七點七分鐘。」

「這麼短？」阿達吐了吐舌頭。

「要是你空檔有兩個小時，警方一定懷疑你這兩小時到哪裡去啦！所以時間愈短，愈看出你沒有涉嫌。而且如果是沒設置測速照相機的地方，你開更快些，說不定還可以多個幾分鐘。」

「我考到駕照以後就很少開車，我不知道行不行耶！」

「你要下手就要下定決心啊！」

「好吧！那我要在哪裡用這十七分鐘？」

「我記得你說過靜嫻娘家在楊梅？」

其實我早就知道了，我故意這樣問。楊梅交流道附近那幾家汽車旅館我們都玩過了，靜嫻常趁回娘家之便，要我去楊梅火車站接她，我們雲雨一番以後，我再送她回娘家。她通常不事先預告要回娘家，所以娘家也不會有人催她回家，我們每每都十分盡興。而中壢與楊梅兩地距離很近，對我而言一點都不麻煩。

「在楊梅啊！」阿達回答。

「在楊梅哪裡？」

「在楊梅的校前路與老莊路交叉口那附近。」

「我查一下這地點在楊梅的哪裡。要是靠高速公路很近，那就更完美了。」

我一邊說，一邊打開Google Maps，假意要查這地點與高速公路的相對位置。其實靜嫻娘家的位置我也早就知道了，就是知道這些資訊，也非得要這些情況成立的狀況下，我這個計畫才會成功，如果靜嫻娘家在桃園觀音的海邊，離高速公路十萬八千里遠，那這個計畫就毫無用處了。

「我是記得在高速公路附近啦！從門口就看得見高速公路。」阿達說。

「太好了！」我指著電腦螢幕：「就是在高速公路旁邊，眞是天助你也！」

「怎麼說？」

「我告訴你要怎麼用這十七分鐘。高速公路的收費站旁都會有公務便道，楊梅收費站也不例外，在楊梅收費站前十公尺有個便道，便道外就是國道高速公路警察局楊梅分隊。你看看。」我指著螢幕上的路線，「從分隊前的巷子就是校前路294巷，穿出去就是校前路，右轉就會與老莊路交叉。到靜嫺娘家頂多兩分鐘，你可以到了以後把她叫到車上，要殺要剮就任你選擇了。記得動作要快點。」

其實這是靜嫺告訴我的，從中壢走高速公路過來楊梅的話，走這便道到她娘家，比起走楊梅交流道，因爲是沒有紅綠燈的捷徑，快了十分鐘左右，這些事情還眞只有在地人會知道。

「那高速公路改電子計程收費，這不就會有計費漏洞？」

「沒錯，高速公路局有說這些便道以後都會封閉，所以我們可以採用的時間很短，一定要趕在電子計程收費上路以後，也就是二〇一四年一月二日，而在收費站便道封閉之前。便道也不可能這麼快封閉，因爲主線上所有收費站都要拆掉，至少要花六個月[5]，這六個月之內，爲了方便工程機具進出，這些便道應該都是暢行無阻的。」

「所以你的意思是我可以從臺北出發，到楊梅後走便道下去殺靜嫺，再回頭上高速公路，從臺中棄屍？」

「基本上是這樣，不過還有一點細節要修正。」

---

5 立法院交通委員會今（二十三）日邀請交通部長葉匡時列席，報告「國道計程收費各項準備工作及執行情形業務」。民進黨籍立委李昆澤詢問，國道計程年底實施，高公局將要拆除二十二個收費站，先從內側車道拆除，還要重鋪瀝青，外側車道還要加設過磅站以及警方的攔截站、綠化工程等，相關工程要幾個月？高公局局長曾大仁答詢時表示，目前都已發包，規劃工期是六個月。（二〇一三年十二月二十三日NOWnews：國道計程／二十二收費站將拆用路人帶睡袋上國道？）

「什麼細節要修正？」

十一、現在（二〇一四年一月六日）

我眞是個犯罪天才，這麼複雜的完美犯罪，居然被我實行成功了。

我與阿達仔細研究了計畫，細節非常多，包括要去車行租兩臺車，爲求隱密，租車還不能找大型的連鎖業者，像是「格上租車」或「和運租車」這種公司應該比較有制度，我們要找小家的直營店，只要有錢賺就好，老闆不過問租車目的那種。爲了增加警方調閱監視器的困擾，我們要租豐田的銀色Altis，這款廠牌、車款、車色是全臺灣最多，最容易撞車撞色的款式。而且還不能找新車，新車牌是七碼，字體改裝不易，要找舊車牌才好辦[6]，我們要找車牌接近的兩輛同型車。

這些理想中的狀況，說來簡單，眞要租到還花了好幾天的時間。

殺人與棄屍時的透明的ＰＥ伸縮膜也跑了工業材料行買到，刀子、手套與繩子則是找了偏遠的小

---

6 公路總局指出，……全面對新請領牌的車輛改發放新式車牌……且增碼後，車牌大小會調整，字體也將更換，增加防偽功能和辨識度。……現在車牌使用的字體也將做改變，監理組說，像數字「三」、「八」和英文「Ｂ」等號碼，就常會有混淆的問題，新車牌使用的字體也都加以修正，加強辨識度，且也更不容易變造。（二〇一二年九月十七日自由時報：新車牌年底上路 變長、變高也變輕）

店購買，爲的是盡量不留下可追蹤的形跡。

我也想辦法在網路上買了兩支拋棄式的手機，這些賣家眞厲害，政府對電信控管這麼嚴都還能找到生財之道，我下標時就在想，這是專爲犯罪者開的賣場吧！不論是綁票、販毒、或偷情，隨時身邊都應該有個幾支拋棄式手機。

租車和拋棄式手機的錢是我出的，因爲阿達能動用的零用金有限，只好我出，他只能買些便宜的東西而已。

在實行計畫之前，我還實際走了好幾趟路線，算出阿達應該有二十分鐘的空檔，我還把可觀察到的攝影機位置記錄下來，回家以後用Google Maps規劃最佳路線，以免無所不在的監視器破壞了完美計畫。爲求愼重，我也使用這網站的街景服務，用滑鼠慢慢點，一步一步實際走了一遍。如果這計畫不能說服我自己，那我憑什麼說服阿達這計畫會奏效？所以每一步都要確保實際可行，以免執行時意外出差錯，要縮手就來不及了。

雖然說我事前計畫完美，今天凌晨我的行動也依計進行。但是阿達那邊卻還是犯了兩個錯誤，一個是錯過原先應該要停車交換的湖口休息站，另一個則是誤下了車亭休息站這個非官方的休息站。

這兩個錯誤對「我們的計畫」有決定性的影響，但是對「我的計畫」卻沒有任何影響，所以當阿達犯錯的時候，我倒是一點都不緊張。

我一邊想，一邊驅車返家。

十二、過去（二〇一三年十二月十七日，我家）

「什麼細節要修正？」阿達問。

「如果你出遠門的那天，剛好靜嫻失蹤，警方一定會仔仔細細盤問你的行蹤，儘管你利用了這一二十分鐘的空檔，但是警方聰明一點可能會想到。所以如果能夠完全不被懷疑，那最好。」

「究竟要怎樣做才不會被懷疑？」

「你聽過交換殺人嗎？」

「交換殺人？」

「你懂嗎？就是我有一個想殺的人，你也有一個想殺的人，要是我們自己下手，一定會被警察懷疑，所以就有人發明了交換殺人的手法，我殺掉你的仇人，你幹掉我的仇家，這麼一來兇手與死者沒有利害關係，就查不到我們頭上啦！」

「喔喔喔！我看過一部電影就是這樣演。不過這行得通嗎？」

「你說的是《火車怪客》。你不是看了電影？如果照電影那樣演，當然是行不通啊！」

「那你幹嘛說這個？」

「你想想嘛！交換殺人主要目的有二：一來除了懷疑不到自己頭上之外，二來還要在對方替自己殺人時做好不在場證明。」

「原來是這樣，很不錯的主意啊！」

「問題是誰要先殺？」

「什麼意思？」

「交換殺人沒有辦法保證對方會替自己殺人啊！」

「我不懂。」

「假設我們兩個要交換殺人，然後我幫你殺了仇家以後，你不就沒有仇家了？那你爲什麼還要幫我殺人？你一來沒有殺人、二來仇家死了，何樂而不爲？」

「對耶！這樣心機也太重了。那怎麼辦？」

「所以我有個改良方法，就是不要交換殺人，人還是自己殺。畢竟是自己的仇家，自己最下得了手。我們只要交換棄屍就好。」

「如何個交換棄屍法？」

「就是我殺我的，你殺你的，然後交換屍體棄屍。」

「這樣可以脫罪嗎？」

「可以。」

「你說說。」

「這有個前提，就是屍體不能馬上被發現。因爲交換殺人可以製造不在場證明，但是交換棄屍本質上人還是要自己殺，所以沒有製造不在場證明的功能，因此屍體不能馬上被發現，必須讓屍體愈晚被發現愈好，這樣回推死亡時間時才會模糊。」

「如果死亡時間不能確定，那警察也不能斷定就是我幹的嘛！那何必還要交換棄屍？」

「你問到重點了。」

「哦？」

「交換棄屍有個很棒的地方，雖然不能當作案發時的不在場證明，但還是在於可以誤導警方。你想想，假設我幫你到苗栗棄屍好了，如果被攝影機拍到什麼畫面，那時如果你和朋友在一起，不就看來很沒有嫌疑嗎？警方一開始一定是懷疑殺人與棄屍是同一人啦！如果警方一開始不懷疑你，他們自然會另外找一個倒楣鬼去入罪。」

「可是如果我們同時殺人，然後同時交換棄屍，那不就等於殺人與棄屍的時間都沒有不在場證明？這樣交換不就白搭？」

「不錯嘛！所以有兩件事要解決，第一是要偽造不在場證明，儘管當我們真的在殺人時，一定不會有不在場證明，但還是要認真去偽造，以混淆警方視聽。二是棄屍要分先後順序，對方棄屍的時候自己要認真佈置不在場證明。」

「你想好要怎麼做才能偽造不在場證明了？」

「當然。你的手機先給我，作案當天我算準時間，從中壢開始與你並行，一路往南就幫你撥電話，這樣你在楊梅市殺人的時候，電話卻在一旁的高速公路上，等到我們見面，手機還你，你再撥電話給其他人，這樣你的不在場證明就很清楚了，等於除了車輛在高速公路上，你手機訊號也在高速公路上。」

「等等，所以你也有想殺的人？」阿達突然想到這個關鍵性的問題。

「哈！那還少得了嗎？人到了這個年紀，誰沒有幾個想殺的人？哈哈。」我故意陰惻惻地笑。

「你想殺誰？」

「我不覺得我告訴你我想殺誰對你有好處，你知道愈多，萬一東窗事發你就必須爲我隱瞞更多，不如你完全不知道就好。反正我會提供你一具屍體。」

「這好像也有道理。好吧，那誰先棄屍？」

「你先。」

「爲什麼？」

「因爲我要殺的人不是我至親好友，警方一開始絕對不會懷疑到我頭上。而你要殺的是太太，警方一定從你開始懷疑，所以你愈早開始製造不在場證明，就愈沒有嫌疑。懂嗎？」

我看阿達好像聽不懂，又多加解釋。

「警方會從靜嫻失蹤那時開始調查你的一舉一動，所以你從殺掉靜嫻，一直到有不在場證明這段時間是愈短愈好，懂嗎？你殺掉靜嫻、我們交換棄屍，然後你幫我棄屍完之後，就趕緊找個地方找些人證明你在隨便什麼地方好嗎？」

「我大概懂了。」

「你打算棄屍後做什麼？」

「我都到臺中了，就去臺中找以前的老師問候一下囉！」

「記得回北部時，要先回中壢還車，再回家喔！」

「那當然。」

十三、現在（二〇一四年一月六日）

自從高速公路要改用電子計程收費之後，我就密切留意這個狀況。因爲我每天從中壢到林口上班，恰巧這兩個交流道是位於楊梅收費站與泰山收費站之間，一毛錢都不用付。所以當高速公路要改變收費方式之後，我就得付費了。身爲既得利益者，當然要仔細關心才對。

一開始的電子計程收費是半吊子，只是在原先收費站的地方，由人工收取過路費或回數票，改爲以電子扣款；第二階段則是改以里程計費，走多少、付多少。

里程計費的新聞裡說到，未來會在交流道設置感應器，只要用路人上高速公路就感應一次，在下高速公路時再感應一次，這樣電腦就會算出實際開了多遠的里程，而應該扣多少費用。這樣與搭捷運使用悠遊卡無異，只要不出站，系統記錄進出站別，依據站間距離算出費用而扣款。

但是這個政策突然改變了，有天我發現高速公路中出現了無數的巨大鐵架，我才知道感應器不設在交流道，而要設在高速公路的主線道了，所以目前全臺灣的高速公路上有三百一十九座感應門架，我看到這新聞時，眞覺得這設計瘋了。

雖然在主線道用感應門架一定比在交流道設門架省，如果設在主線道，只要南下北上總共兩個就夠，但設在交流道就有四個，分別是北上車道進與出、南下車道進與出。對於設計主線道門架的廠商而言，一定比較便宜，但是這門架施工時危險、維修時危險、天災時更危險，門架之下就是時速上百的車子疾馳，不如設在交流道，那時車速都已減慢，而門架跨距也小，相對來說應該安全許多。

但是政府與商人腦袋裡想的，一定與小老百姓的不一樣，也使得這套被稱爲ETC的高速公路電子收費系統，從出生到現在就命運多舛。像是一開始要公辦，卻在立法院的決議下，於二〇〇二年終止公辦，改採用BOT方式民營；得標的遠通電收以較差的紅外線系統並獲得經營權，比下使用較好的RFID系統的廠商，然後導致使用率太差，於是又提出改以RFID系統做爲違約的改善方案。用較差系統得標就算了，我國交通部官員還收賄，貪瀆洩密，被判刑十一年還潛逃中國，[7]也因此同時遠通

---

7 交通部前部長林陵三的機要祕書宋乃午，因涉及國道電子收費系統弊案，去年十一月被判刑十一年定讞，但在發監前夕潛逃到中國廣東省……昨天押解返臺入獄服刑。……宋乃午為讓友人蔡錦鴻所任職的精業公司，和代表紅外線系統的遠東聯盟取得標案，洩露評選委員名單，並從蔡獲取三十五萬元的不正利益。（二〇一一年三月十九日蘋果日報：索賄逃對岸　宋乃午押返）

電收的最優申請人資格被法院撤銷；但爲避免哪天高速公路局被遠通電收告到翻掉賠不完，最後還是由涉入收賄案的遠通電收繼續經營。

這不就像古早時候良家婦女被惡人玷污了，除了一死了之外，爲求生存只好跟定這個惡人了？

也因爲ＥＴＣ的感應是在高速公路主線道的門架上，而不同於捷運計費方式了。這些感應門架，可以實測車輛行進的距離，它們清楚記著幾點幾分用路人經過哪一個點，而不是如我告訴阿達的，系統只記錄進出站而已。所以我的完美犯罪計畫，並不存在，也就是說，我給阿達的計畫，根本就是自投羅網計畫。

等到警方一查阿達的ＥＴＣ使用記錄，就會知道他從楊梅門架到湖口門架間多待了二十分鐘，只要確立了警方的這個懷疑，這麼一來，警方就會實際去查究竟阿達在這段時間幹了什麼事。就算阿達在楊梅殺人的時候巧妙地避開了所有的監視器，但只要案件爆發，一定會有目擊者、家用監視器、路過汽車的行車記錄器資料提供給警方，這樣阿達一定會被逮。

依我看，警察在沒有嫌疑犯的時候確實就像是無頭蒼蠅，但只要有一個嫌疑犯以後，那就是像烏龜一樣緊咬不放了。

人的確是阿達殺的，警方再不濟，也找得出他下手的方法。至於我，頂多就是犯了刑法裡的遺棄屍體罪罷了。如果他向警方說出是我一手策劃，那也沒有我教唆他殺害靜嫻的證據，今早出門前，我就把任何紙本或電腦記錄都處理掉了，剛剛把租來的車還掉，就已大功告成。

阿達一定想不到我會有這招，畢竟他一定認爲，既然我們是交換棄屍，所以手上握有對方殺人的罪證，不可能揭發對方，因爲一旦揭發對方，對方一定馬上反咬自己，這微妙的恐怖平衡，當然在規劃案件之時我都分析給他聽了。

靜嫻已死、阿達入罪，我的生活重獲平靜。

十四、現在（二〇一四年一月九日）

就在完成交換棄屍的三天後。

打開磨豆機的電源，馬達嗡嗡地運轉起來，我舀了咖啡豆倒進磨豆機裡，吱吱咖咖的聲響伴隨著咖啡香飄來，我始終認爲磨豆香勝於沖煮香，而沖煮香又勝喝咖啡香。

把塞風壺下壺的水煮滾，插入上壺，倒進咖啡粉，攪拌第一次。

此時電鈴響了，我聽出來了，這是我大門外的電鈴聲，而不是一樓公用樓梯旁的電鈴聲。是誰會直接上樓，而不是按一樓的對講機？不然也該由一樓的警衛通報才對。這警衛未免失職，下次管委會開會時我一定要好好抱怨一番。

我顧著爐火，又在看時間，所以無暇理會門鈴聲。

時間到了，再攪拌一次。門鈴聲又響起，這次伴隨著拍門聲，我還是不理它，心想誰會這麼急呢？我繼續看著錶。

時間到，我攪拌第三次，移開火源，溼抹布往下壺一包，香醇的咖啡從上壺咕嚕咕嚕流到下壺。抹布因受熱而暖呼呼的，我用熱抹布抹著手，走向玄關按下對講機。

「哪位？」我問道。

「許書銘先生，這裡是中壢分局，請開門。」

該來的還是會來，我已經想過，身為靜嫻的情夫，靜嫻有什麼意外一定會算到我頭上，但是我已想好萬全的說法，所以有恃無恐，我還怕警方太晚找上門，我會把說詞忘了咧！

「警察先生，請進。」

兩位中年男子走了進來，其中一位開口了：

「一般說來，民眾會先問什麼事，然後才開門。我們又沒穿制服，又沒出示證件，難道你知道警察會來找你嗎？」

「不不，我哪會知道。但你們既然說服了一樓警衛讓你們上到這樓，想必一定出示過證件了。而且警愛民、民敬警嘛！警察先生既然上門，那一定是有事了。」

我口頭上這麼說，但心裡一驚，好像對警察的出現這件事，表現得太理所當然了。

「坐這裡可以嗎？」

員警指著客廳的椅子。

「當然當然，隨便坐。」

「這麼大房子，你一個人住？」員警一邊說，一邊端詳四周。

「實不相瞞，我快要結婚了，婚後要是生了兩個胖小子，這空間也不能算大嘛！」

「那眞是恭喜了。」

「警察先生貴姓？」

「敝姓林，這是我的刑警證。」

我接過來仔細端詳，「原來刑警證長這樣，第一次見到。」

「林警官今天有什麼事情？」

「我想請你去局裡協助說明臺北市民高靜嫻的命案。」

「命案？靜嫻怎麼了？」我裝作很震驚的樣子。

「你沒有聽說嗎？」

「沒有啊！你是說鍾昌達的太太高靜嫻？」

「高女士的先生是叫做鍾昌達沒錯。」

「她出了什麼事？阿達知道了嗎？」

「許先生，你就不要再演了，這樣只是浪費彼此的時間。」

「什麼意思？」

「你三天前，也就是一月六日，不是載著高女士的屍體，丟到新屋海邊嗎？」

「我……。」

我有告訴阿達我打算棄屍在新屋的廢井裡，但沒有仔細說明所在位置，我告訴他，他知道的愈少，愈不會說溜嘴，他當然信了；我也告訴他這是交換棄屍計畫的好處之一，警方就算懷疑阿達殺人，找不到屍體也就缺了重要證據。

但若真的找不到屍體，警方也就不能定阿達的罪，因此我在事前計畫時，告訴阿達我打算棄屍的地點，他只要承受不住壓力，說出這個地點，警方遲早會找到。

而現在警方已經根據阿達的資料找到屍體了，那據我估計，他們應該也掌握了阿達明確的犯罪事證才對。

「我是受阿達之託，他那天一早打給我說，要我幫他忙，約我在休息站碰頭，誰知道竟然是他失手殺了靜嫻，要我幫忙棄屍，我真的是慌了手腳。」

「你這時不是應該報案嗎？勸他投案，這樣對你、對他都好。」

「我事後想想的確應該如此。但是那天他一直拜託我，我只好拚命幫他想地方棄屍，最後不得已只好丟到我姨丈的井裡了。我愈想愈不對，只好下定決心，要是警察上門，我就毫不保留都說出來，希望警察大人能了解我是不得已的。」

「你說鍾昌達一月六日一早打給你？」

「對。」

「當日是有一通電話從鍾昌達的手機撥到你的手機，講了五分鐘左右，問題是這通電話的發話地點很可疑，根據三角定位的結果，這通電話是在高速公路上撥號的。」

「對啊！」

我看過太多小說、電影，犯人都自以為聰明，而不斷去攻擊警方的說詞，結果反而作繭自縛的狀況，所以林警官說「問題是……」我就偏偏不問他是什麼問題。林警官可能以為我會問「阿達殺了人以後上高速公路，然後打給我，這有什麼問題」吧！

因為我事前說服阿達把手機交給我，讓我替他製造不在場證明，所以那天我的確用了他的手機撥給我放在家中的手機，還利用手機APP自動接聽，整整講了五分鐘。

「如果鍾昌達殺了人以後想要找你棄屍，應該殺了人以後馬上打給你吧！怎麼會在高速公路楊梅路段才打給你呢？」

「我怎麼會知道？」我答，然後把後面那句自以為聰明的「說不定他先打給別的朋友啊！」給硬生生吞下去。

「如果他先打給別人，先不論他有幾個信賴到可以幫忙棄屍的朋友，從臺北到楊梅要四十分鐘左右，難道這四十多分鐘，他願意先打電話的對象，都不願意幫他棄屍，而是你這位四十分鐘之後才想起的朋友，二話不說就願意幫忙了？」

這話是很合理。

「可能就我耳根子軟吧！那他這四十分鐘有打給別人嗎？」我明知故問。

「有，但這些接到電話的人表示，都只聽見警廣模糊的聲音，又不出聲，懷疑是鍾昌達開車時不小心坐到電話而撥出的。所以實際上的求助電話，就只有打給你而已。」

「他爲什麼只打給我，你要問他。我自認跟他是好朋友，他認不認爲我是前幾名的好朋友，我就不敢說了。」我說。

「哼哼！好朋友會好到上別人的老婆嗎？」

「原來你們已經知道了。」

「沒錯，我們懷疑你與高靜嫻因爲有不當關係，由愛生恨，因故起了殺機，所以請你跟我們回去好好釐清案情。」

「什麼？怎麼會是我殺的？你們不是已經有嫌疑犯了？」

我大吃一驚。

十五、現在（二〇一四年一月九日）

我還是頭一回進偵訊室，電影裡的偵訊室看起來一律是灰色調冷冰冰，隔著單向鏡後面還有人盯著。而這間偵訊室卻有點像辦公室，天花板是輕鋼架加日光燈，一張桌子擺著電話、電腦螢幕，另有主機、鍵盤、印表機。四張看來老派的黑色辦公椅則是隔著桌子兩兩相對。

林警官示意我在其中一張椅子坐下，自己則坐在對面。

「你們把我帶到這裡來，不是應該先問我要不要律師嗎？」

「你要不要律師？」

「我想我應該很快就回去了，不需要，你們對我的誤解太大了。」

「那還請你好好釐清我們的問題。」

「請說。」

「高靜嫻女士在一月六日就與家人失聯，於是家人就報案，二十四小時之後，確認爲失蹤人口，我們就受理了這個案子。我們聯繫上他先生鍾昌達，他表示不知情。」

「他們夫妻感情並不好。」

「於是我們調查他當日的行蹤，發現他當天曾經前往臺中山區，我們請臺中同事協助，光是清查車牌就花了好久的時間，最後發現他在一座廢棄工寮丟了一個行李箱，打開以後，發現是一具狗屍。」

「丟狗屍有犯法嗎？」

「這我不清楚，不過狗好端端的怎麼會死？凌虐動物致死我確定是犯法的。」

「哦？」

「他說狗是他殺的。」

「什麼？」阿達爲什麼要承認這種事？

「他不像你，他心理素質超脆弱的，簡簡單單就被我突破心防，承認犯案。」

「阿達殺狗跟我有什麼關係？」

「看看這照片，眼熟嗎？」林警官遞出一張照片。

「的確是有點眼熟。」

「這隻狗是你鄰居羅建民的狗，據飼主說，這是聖伯納犬與臺灣土狗的混種。」

「哦，原來是他的狗，那狗超大一條，我看比瘦一點的成人還重。」

「我問你，鍾昌達沒事幹嘛殺羅建民的狗？」

「你問我我問誰？」

「鍾昌達說有次去你家，被隔壁的狗追，所以一直心存報復。一月五日那天他去中壢找你，你又不在，他又差點被狗咬，所以乾脆找來一塊排骨，摻入老鼠藥，狗一下子就死了。他想把狗屍載走，羅建民會以爲狗自行走失，不會多想。」

「這都是阿達說的？」

「對啊！就是因爲他找你，你不在，他要找他太太，也找不到，突然福至心靈覺得你們兩個有一腿，所以告訴我們高靜嫻的失蹤，一定跟你有關係。」

「哈哈哈！」我大笑出聲：「這麼牽強的理由警察會信？阿達根本就不知道我和靜嫻有一腿。」

「我們原本是不信的，但抱著姑且一查的心理，結果發現竟然是真的。誰叫你眞的和高靜嫻有婚外情？所以頭號嫌疑犯的帽子，就從鍾昌達頭上，落到你頭上了。」

阿達竟然向警方告發我殺他太太。

「沒有這回事，人是他殺的。」

我老神在在。

「死亡時間是一月五日晚上十點前後，你人不是在楊梅嗎？」

一月五日？什麼？阿達不是六日才下手？

「是啊！我是在楊梅，我不能在楊梅嗎？」

「你在與他太太偷情以後，發生爭執殺了她對吧？」

「我怎麼會跟朋友的太太偷……」

話沒說完，林警官突然「砰」地拍了桌子一聲，把我嚇了一大跳。

「你眞是說謊成性了。」

「我承認我跟靜嫻有來往。」

「我不管你一月五日那晚進賓館是上廁所還是談生意都隨便你。死者陰道裡的殘留物已經採集下來，只要送實驗室，跟你的精液比對就知道是不是你的了。」

「這好笑了，我怎麼會殺害我的偷情對象呢？我疼她都來不及了。」

「你不是有論及婚嫁的對象了嗎？」

「有對象也不致於要殺情婦。你們講話要有證據。」

「你租來的車已經被拖到鑑識小組那邊，很明顯車內有受損的痕跡，研判是死者掙扎所造成。」

阿達如果在車上勒殺靜嫻，那車子內裝有些損壞也是理所當然。

「我們習慣在車子裡來一點激烈的性愛也犯法嗎？」

「是不犯法，但是在性愛之後、或是性愛時過頭而殺人就犯法了。」

「她離開的時候人還好好的。」

「你一面之詞誰會相信？」

「你確定是一月五日晚上死的？」

「法醫的報告是這樣說的。」

「不是一月六日早上死的？」

「根據胃袋內的食物消化狀況，以及當晚她沒有回娘家的狀況看來，就是一月五日，你與她開完房間之後。」

我實在想不透靜嫻為什麼在一月五日就死了，我與阿達的計畫，明明就要在一月六日早上才進行，才會成功啊！

我那晚的確與靜嫻在一起，然後我送她回娘家附近的便利商店以後就走了，她說要買點東西，叫我先走。而那家便利商店與她娘家僅幾步之遙而已。

「好吧！我招了。」

「你承認了？」

「我承認與她偷情，我承認棄屍。」

「那還不夠，人不是你殺的嗎？」

「當然不是。」

「那你告訴我她是誰殺的？」

「阿達，鍾昌達殺的。」

「他殺他太太，然後你幫他棄屍？」

「就是這樣。」

「你沒事這麼好心幫朋友棄屍，這具屍體還剛好是自己外遇的對象？」

「沒辦法，阿達說要殺掉他太太，但是怕被懷疑到先生頭上，所以他想到一個完美犯罪的方法，但是需要我幫他棄屍。」

我把高速公路的ETC詭計告訴警察，聲稱阿達發現了時間差，要利用這時間差溜出高速公路殺人，然後我們交換棄屍。

若根據這個計畫，阿達的車在一月六日早上一定有從楊梅收費站前的便道溜下去，殺了人以後再鑽回高速公路去。

「你是說鍾昌達以爲自己會有二十分鐘的餘裕，所以跑下去殺人？」

「對啊！他是這樣告訴我的。」

「你的說法根本就不成立，收費又不是從交流道感應，是從高速公路主線道上的門架感應，所以這二十分鐘根本就不存在。」

「是嗎？我不清楚啊！他是這樣告訴我的。」

「你每天從中壢到林口上班，沒有看到高速公路上那麼多門架嗎？你不會懷疑鍾昌達告訴你的話很可疑？」

「說老實話，我沒有留意耶！既然這樣，那只要查一查阿達車上ETC的記錄，就知道他有沒有在哪個地方多作停留了吧！」

「很遺憾，鍾昌達的車沒有停留，根據六日當天的高速公路車況，以及ETC門架的感應時間，鍾昌達是一路開往南下的。」

「你們搞錯了，往南下開的是我的車，鍾昌達開的是8結尾，我開的是3結尾。」

「都是豐田Altis，銀色的？」

「對。」

「我們早就知道了，你故意去小租車公司租車，刻意挑選最普遍的廠牌、車種、車色，還挑了車號接近的車牌，你知道現在新車牌的阿拉伯數字不易變裝，還選舊車牌的車？」

我心裡大驚，怎麼連這都調查清楚了？

汽車車牌二〇一二年底換發，原本小客車的車牌從六碼變七碼，字體也不易變造。如果是舊車牌，用奇異筆就可以輕鬆把3改成8或是B。

「你們搞錯了。我的車是3結尾，從中壢開到湖口，再開到車亭；鍾昌達的車是8結尾，從臺北開到楊梅，溜出高速公路再回來，然後開到車亭。我們在車亭休息站換車。」

「你省點事吧！不管是哪一輛車，都沒有你所說的那樣溜出高速公路，你最好是換一套說法，這種事情一查ETC的感應記錄就知道了。」

「眞的嗎？怎麼會這樣？」我對於警察的說法感到不可思議。

「你說你們換車，然後呢？」

「鍾昌達說我要幫他棄屍，他也幫我棄屍。」

「你也殺了你太太嗎？」

林警官的問句充滿了嘲諷之意。

「我又沒結婚，哪來的太太？」

「那你打算殺誰？」

「就是羅建民的狗，我在一月六日凌晨毒殺了牠，然後假裝是屍體，我看那隻狗與一個成人差不多重，裝在行李箱裡再鎖上，我事前就告訴他不要打開，整個箱子丟掉，我告訴他知道愈少愈好，所以應該可以騙過阿達。」

「話都是你在說。」

「啊？什麼意思？」

「五日當晚八點鐘，鍾昌達在中壢你家外面，跟隔壁鄰居起衝突你知道嗎？」

「啊？有這種事？」

「住你左邊的鄰居羅建民，報警說有人打他的狗，就是你朋友鍾昌達。」

「那天晚上我不在家……。」

爲安撫靜嫻不要把我們的事告訴阿達，至少要能封住靜嫻的口到翌日，於是五日當晚我跟靜嫻去石門水庫吃活魚，吃完活魚喝咖啡賞水景，很晚才回去。

「鍾昌達指控羅建民的狗要咬人，羅建民說鍾昌達打他的狗，所以鬧上了派出所。」

「狗……狗是我殺的。」

「很抱歉，我比較相信鍾昌達的說法，他與羅建民吵一架後，然後在深夜或凌晨毒死狗，然後載去丟掉。你與羅建民雖然是鄰居，但似乎從沒因爲狗的事吵過架吧？」

這是眞的，我就是擔心哪一天我把羅建民那隻狗怎麼了，第一時間就懷疑到我頭上，所以我一直假裝不在意羅建民他家那隻又吵又兇的狗，結果這回我的低調反而成了麻煩。

「羅建民發現狗不見了，馬上報案並指出嫌疑人鍾昌達。這件事剛好與我們調查高靜嫻失蹤案湊在一起，鍾昌達一開始還不承認，但要是他不承認殺狗，那就只好承認殺妻了。我們很納悶爲何他要殺掉無冤無仇的狗，畢竟只是被吠幾次，就算被咬，有必要殺掉牠出氣嗎？」

我腦袋急速運轉，試圖釐清現在的情勢。

「阿達何時坦承殺狗的？」

「發現狗屍體以後，他馬上就招了。不像你，這麼強硬。」

見我不語，林警官繼續說：

「依據我的判斷，鍾昌達與你達成了『交換殺人』的計謀，你幫他殺妻，他幫你殺狗。」

「不是，不是這樣的。」

「我說你也好笑，殺人罪重多了，他殺狗、你殺人，這樣你划得來嗎？」

「不是，靜嫻不是我殺的。你有什麼指紋之類的可以證明我犯罪嗎？」

我想到阿達在交換車子那天，還戴著手套上廁所，想必是什麼指紋也沒留下。

「拜託，許先生。這年頭誰殺人不知道要戴手套啊！要是被發現指紋我們還要懷疑這指紋的眞實性咧！現在都講求毛髮、纖維等等微物證據，但是話說回來，鍾昌達是死者先生、你是死者情夫，如果在高女士身上發現你們其中一位的毛髮，那能證明什麼嗎？」

我啞口無言。

「依我看，對你不利的證據也夠多了，你不承認也沒關係，移送綽綽有餘啦！」

「不，不是我。」

「你也真狠，就算要交換殺人，你好歹也殺個不相關的人嘛！連自己情婦也殺，不覺得有點冷血嗎？」

我的腦中一片混亂，阿達究竟是什麼時候開始起疑心的？他怎麼知道我要殺狗？不，依阿達的腦袋，他不太可能計畫得這麼仔細，然後栽贓於我？他連休息站與服務區都搞不清楚。難道他一月五日那天晚上八點就那麼巧與羅建民起爭執？這也不是不可能，他的確有抱怨過差點被狗咬，發生第二次也不必意外。

難道阿達又那麼巧在那晚的十點鐘殺了靜嫻？讓殺妻計畫直接提前了一個晚上？會不會是要執行計畫的前一晚，阿達心軟想要給靜嫻最後的機會，約她出來談判，結果談判破裂就殺了靜嫻？或是談判之時靜嫻說出了我們的事，所以阿達殺了她然後嫁禍於我？不管阿達是什麼情況下殺了靜嫻，一定就是阿達殺的，不然無法解釋他行李箱內的屍體是哪裡來的。

如果是這樣的話，那一月六日的計畫他根本就不需要溜下楊梅殺人，直接與我交換屍體就好。也難怪ＥＴＣ的記錄，在各感應區之間沒有不正常的停留。

人算不如天算，經過這一連串變故以後，顯現在外的狀況是，阿達一月五日時從臺北到中壢，晚上八點與羅建民發生糾紛，深夜殺狗，隔天載著狗屍前往臺中，在山區丟個裝有狗屍的行李箱。我則是靜嫻一月五日死掉的那個晚上出現在楊梅，與她偷情的可疑人物，一月六日還將她棄屍在新屋海邊。

不，人不是我殺的，我只有殺一條狗、與幫忙阿達棄屍而已，為什麼我要幫他背殺人重罪？對了，我應該要說服警察對阿達逼緊一點，阿達可能會說溜嘴是他殺的，也可能前後證詞兜不攏也說不定。阿達這麼呆，什麼都要我替他計畫，他的智商可是連用LINE都會被詐騙的水準。說不定他根本就搞不清楚為什麼行李箱裡裝的是狗屍，還懷疑自己是因為下錯了車亭休息站而害我被逮。

更何況林警官現在所說的一切，可能都只是虛張聲勢而已。要是我能跟阿達講上幾句話，看看他的態度，或許我能判斷阿達說了多少我們的計畫、對實情知道了多少。

我說想要休息一下上廁所，另一位員警起身領我過去。我左顧右盼，想看看阿達有沒有在這間警局裡。還沒見到人，就聽見後頭有聲音傳來：

「許書銘，你這混蛋，你睡我老婆就算了，竟然殺她，我跟你沒完沒了！」

是阿達的聲音，他還作勢要衝過來，被我身旁的機警員警攔下，三兩下就被壓制在地上。

看來我對阿達估計錯誤了，不管他是不是事前知道我想殺狗而故意與羅建民發生衝突，還是巧合發生衝突；也不管他是不是本來就計畫前一晚殺靜嫻，還是因失手而提前殺人，這些都不重要了，總之他在發現狗屍之後，就決定把一切推給我了。

諷刺的是，我事先為阿達偽造的不在場證明，現在都為他派上了用場；而因為我只打算殺狗，所以根本就沒有認真去想脫罪的方法，只一心想要確保我與靜嫻的事不提前爆發出來，以及確認阿達真的會動手而已。

車是我租的、錢是我出的、屍體是我丟的、我還換來了阿達殺人的車子，這些對我不利的證據，也數不勝數了。警方現在的行為正如我對他們的評價一樣，一旦有嫌疑犯出現時，他們就像烏龜一樣緊咬不放了，我就是那個被烏龜咬到的倒楣鬼了。

「我，我要請律師。」我氣若游絲地說。

【入圍感言】

每天開車經過高速公路，眼見陸續增生的收費門架，總覺得一定有什麼陰謀詭計在裡面醞釀。在寫這篇故事之前，我苦思「如果我是犯人，我要怎麼利用這設施犯案」；寫這篇故事之時，我擔憂「要是想不出核心詭計，我以後一定經過一次懊惱一次」；寫完這篇故事之後，我總算能平心靜氣上國道了。

感謝臺灣推理作家協會十多年來不間斷的努力，持續舉辦這個徵文獎，也很榮幸有此機會與本屆眾多優秀創作者同場獻技。

【作者簡介】

呂仁，一九七八年生，曾為暨南大學推理同好會與中正大學推理小說研究社成員，現隱姓埋名於楊梅壢老人坑，著有短篇推理小說集《桐花祭》，部落格「呂仁茶社話推理」http://lueren.pixnet.net/。

山婆假燒金

上

清晨，朱紅色的廟門外，還嗅不到淡雅肅穆的沉香繚繞，只有昨夜寒露攀附了花葉所遺下的冷冽。來參加法會的進香客，因爲長時間的等待而從鼻翼發出了無奈嘆息，揉雜在空氣中，逐漸瀰漫成一股過度躁動的氣氛。距離商號打開店門，擺開竹蓆攤子，忙裡忙外招攬生意的那片市井氣象，還有段不長不短的時間。

於是有人開始討論起，今天的廟門，開得晚了。

我是第一次到開山町這附近，所以也不知道平常廟門幾點才開，但隔著群眾，而群眾圍著廟牆，已經可以聽見不耐煩的町民們，開始呼喚著良慧：「喂，法師啊！良慧法師！開門唷！今天不是有法會？」

今天是呂祖廟法會的日子，廟公良慧特地邀請日籍的高僧清藏律師擔任主法，法會結束還有講經時間，並且將開放對參加法會的大眾傳授戒律。

距離呂祖廟上一次的法會，已經是十年前的事情了，所以這次開壇的消息早在一個多月前就已經傳遍整個府城。無論佛道僧俗，都顧著參與呂祖廟的盛會，也想一睹這位日本高僧的德容。

陽光已然臨到了呂祖廟的大埕上，廟門被良慧廟公的兩位弟子往左右兩邊一揭，穿著海青的居士、披掛淺灰僧服以及鵝黃道袍的各宗各派長老，全都湧成了一片往大殿裡蹭。

廟裡卻不只有良慧廟公向他們作揖稽首，還有三位日本警察也在殿內，臉上掛著不懷好意的笑容，手裡晃著警棍。

人群忽然止住了腳步。

總還不時地偷看那三位警察，但是若和警察對上眼，卻又驚恐地別過臉。

來客一一怯生生地打了照面：「法師，你早。」

稱呼他一聲「法師」，儘管他不學佛亦不習道，只是在一間隸屬於道家呂仙公的祖廟裡充當管理人，但像他這樣帶著兩位徒弟立在半僧半俗的地界裡，人們總會期望他們都能比凡人更超然一些，故而稱他作法師，也稱他的徒弟作師兄。

「大家早。」良慧法師卻很泰然，彷彿那三位警察是專程請來的護法。

信眾們看了很久，才敢拉低了聲音問良慧法師。

「法師，那三位警察大人，也是來參加法會的嗎？」這些信眾不曉得警察是來幹什麼的，但是大家都怕慣了日本警察，不管有沒有犯罪，看到他們都會先急踩煞車，不敢亂動亂說話；甚至連呼吸都很吝嗇，好證明自己是勤儉的良民，不會佔去日本人所擁有的氧氣，一絲一毫都不與日本人爭搶。

「就讓他們去看吧，畢竟十年前的那一次事件之後，這還是仙公廟頭一次辦法會哩。放心吧，這次請來的大和尚也是日本人，警察不會找什麼麻煩的，大家請準備找地方坐吧。」良慧法師發給他們一人一個蒲團，讓他們各自就地安坐，信眾們拿著蒲團，就地在大殿與廟埕裡坐下。

警察在大殿裡踱步，低聲用日語交談。不時舉起警棍，指著廟門外；用下巴摁了兩下，意指神案上的呂仙公。

警察的一舉一動，讓信眾們不由自主地縮起背脊，繃緊著每一吋神經。等待大和尚的時間，顯得特別漫長，有人閉起眼，至少不會再看到警察一臉兇惡蠻橫的嘴臉；但卻關不住耳朵，聽見皮靴在石板地上發出叩叩叩的聲響。

那聲音在夜裡響起的時候，可以讓吵奶喝的娃兒住嘴。

大和尚似乎比預定的法會時間晚到了，但是沒有人想離席的意思。警察走到良慧法師旁邊，似乎在問法會幾時開始、何時結束？良慧法師搖搖頭，像是在說：「我也不知道大和尚去哪裡了。」

我不是來參加法會的，法會什麼的與我一點緣分都沒有。我沒有從良慧或他的兩位弟子手裡接過蒲團，還讓警察多看了我幾眼，我爲了不讓他們起疑，便轉身走了。唉，我覺得實在太愚昧無知又兼浪費時間了！我沒有坐在廟埕裡，但也待不住那種被人監視著的大殿，趕緊逃了出來，一心直直往呂祖廟的西淨方向走，好像我是趕著要去便所一樣。

但也讓我遇到那位從日本來說法的得道高僧。我想他肯定是在這裡沒錯。

「唉呀，你怎麼也來了！」他一見到我，又驚又喜的樣子，那種純然發自內心的情緒波動，和他接下來要與信士大眾談的明心見性、克己復禮兩不相襯。我想畢竟是外在的虛名累了他，我所認識的他，只是個從法界退休的半路出家人。

他曾是站在法律學院磐石上的巨人，也是法醫界的前輩；雖然他出家的消息在日本已經是個舊聞，沒人打探了，但在臺灣這裡，倒是吸引了不少警察的目光。大殿內的三位警察雖是來監視信眾的，但也多半帶著景仰的心情等著這位在內地聽說了很久的傳奇偶像登場。

提起他還有很多可說的，但今天他的狀況似乎不如傳言中的那般神勇。

「我想今天這麼大的事情，你一定又要腹肚痛了，來。」我拿出平常賣得最好的腸胃藥給他，這日本原裝進口的藥粉，配了溫水吞服，很快就會見效，比他這個日本原裝來的和尚厲害。

他急忙取來溫水，吞了藥粉，和我閒話了一番，約莫一刻鐘，他的肚子就不痛了。這段時間，良慧法師正在大殿陪同警察的監視，安撫那群不耐的信眾。信眾因為警察的關係，依然沉靜寡言，不敢造次；只是他們動作漸漸顯得粗魯，小小的仙公廟塞了這麼多人，個個還得端坐蒲團靜候，坐了一刻，法師道長們卻像全身長蟲一樣，亂扭亂擺，左搖右晃。

「啊，還好有你來，要若不今天就去了了。」我陪清藏律師走到大殿後的偏門，他理了理袈裟，準備升座說法，但他看我要走了，臉上還是有點不安。

「律師啊，做你放心，我先來出去，這種場合我不慣習；我還是趁早多賣一點什細，賺些瑣費，也比念佛打坐求往生實在。」我和清藏律師認識許多年，他是在日本招提寺出的家，但早已融入臺灣的生活許久，根本一點日本人的樣子都沒有。對於我的輕慢，他也不以為意，只是笑笑地看著我；而在我面前，這個和尚總喜歡惹些麻煩的事情，好比說，我已經能預見今天的法會將是一場災難。

「由你，不過也多謝你。法會結束後，我到菜市場和你碰面。」告別他之後，我就往菜市場去了。這時候已經開始要熱鬧起來才對。

我拉起了停在廟門旁的人力推車，一手撐著推車的橫桿，一手搖起貨郎鼓，隨著小鼓小鑼蹦噔蹦噔的節奏喊起：「賣什細喔！」

背對著呂仙公的祖廟，我也聽見信眾們齊聲隨著大磬的共鳴，緩緩誦著：「南無本師釋迦牟尼佛」，清藏律師順利開經了；我壓穩了車桿，踏步驅前，車輪嘰嘎嘰嘎滾出了兩旁街道一溜難以言喻的活力，這和我住慣的安靜街町大異其趣；而當面迎來的，還有矮籠子裡雞鴨的啼鳴與攤販的刀砧篤篤，正此起彼落。

「賣什細的，等一下。」一名穿著深紫色小紋和服的婦女追在車後，叫住了我，看是今天的第一筆生意上門了。我趕緊站定腳步，回過身來，把人力車平衡用的木頭前檔一踢，只有兩輪的車子就這麼立著一隻獨腳，不搖不晃。

「要什麼？有針線、牙刷、面巾、面桶。」

「面巾啦，要一條，要挑新一點的喔。還有面桶，要阿魯米的喔，我尪今天從日本人那裡返來，要給他接風洗塵，過一下火。」

「沒問題，我包給妳。這樣總共是……」我還沒從車裡拿出鋁製臉盆，又來了兩位穿著漢裝的婦人，她們都認識這位丈夫剛出獄的婦人，三個人打起招呼來，沒完沒了地開始邊看著我貨車上的物件，邊閒話家常。我隨她們看，沒有多講什麼，但也在一旁偷偷聽著她們的話題，偶爾插插嘴。

「聽說妳頭家今天就回來了，恭喜喔。」

「唉，我早就叫他不要參加人家的運動，偏不信，就被抓進去了。還好他是小尾的，人又沒膽，這兩個月算是給他一點教訓，看會不會乖一點。」和服的婦女從頸後推了推她的高髻，還對日本人讚譽有加地說：「日本警察算是很明理的，看他那個樣子就成不了氣候，早早放他出來。」

「對啊，我聽說，說這次那個帶頭的啊，要被押去臺北大審呢。」穿著深藍色花布漢裝的婦女，看上去年紀最長。手裡拎著一個藤菜籃，她已經買了好些蔬菜，大概半路遇到七姐八妹，也就忍不著那個街邊開講的個性；另一隻手雖然遮著嘴，卻更像招呼過路旁人都來一起聽她瞎說左鄰右舍的大小事情。

「啊，阿春姨別講了。一講我就想到細漢的時候，那些替神明扛轎子的人。」這一位則是穿著素淨淡粉色上衣，著嫩綠長褶裙的女子，應該不能稱她是婦人，她的年紀看上去還輕得很，應該是初為新婦的樣子。

「扛轎子的人怎麼樣？」我聽不懂這位少婦的意思，就無意插嘴一問。

「唉，阿晚伊細漢住在玉井庄啦，你想，十年前，她那邊扛神明轎的人，下場是怎樣？」我這才聽懂，年少阿晚和年長阿春所說的，都是十年前讓呂祖廟不得不閉廟門、停辦法會的那樁驚擾了全臺灣的宗教事件。

從小便害怕日本警察，長大後又歷事不多的阿晚趕緊轉移話題，問那位穿著和服婦人說：「阿文嫂，妳買了面桶，但是有買麵線和豬腳嗎？」

「麵線是買了，豬腳就……」阿文嫂面有難色，從囊中掏了一塊錢給我，我把臉盆和洗臉用的毛巾用麻繩子包捆給她，還找了她五毛的零錢。

她錢收下了，卻又問我：「喂，賣什細的先生，看你是外地來的樣子，你今天這樣兜兜轉轉，有看到菜市場裡面那個賣豬肉的攤子是開了沒有啊？」她沒有問，我倒沒發現，走了幾步路來，賣什麼的都有，就是沒見到賣豬肉的。一間菜市場有個三五攤都賣豬肉也不稀奇，但一攤都沒有，倒是第一次碰上。

「妳哪會問一個外地的呢？他不知影，我們的豬肉生意，都讓那個夭壽的劉仔信昌整碗捧去，誰要敢跟他同款賣豬肉，他就拿豬血去人家厝腳口亂亂潑；我看啊，他肯定是昨暝飲尚濟，今天爬不起來了。」阿春說起話來嗓門很大：「我阿春啊也算是喊水結凍，沒人敢惹，但沒見過像劉仔信昌這麼惡質的人。那個山頂來的姑娘嫁給他，實在很不幸的就是了。」

「劉仔信昌他家後叫什麼名，我忽然忘了。」阿文嫂拿了臉盆毛巾，收下了找零也都還捨不得走，三個人就在我的車邊聊了半晌；我哪還顧得了生意，有意無意搖著貨郎鼓，停在路中央，只想聽她們說說豬肉販劉信昌家裡的雜事。

「瑪蘭啦，講是山頂頭目的女兒。唉，她之前的尪婿金俊若是還在，就不會變成這款。」阿春很感慨地說，那個叫做瑪蘭的女子，年紀輕輕地，先是嫁給了商人金俊，生活美滿了半年多，但是不知道爲什麼，某天，金俊說要出去做生意，從此就一去不回，留下瑪蘭一個人：「瑪蘭她是逃落山的，根本回不去，劉仔信昌貪圖人家的美色，好像是花了五百塊把她給娶入門的。」

「然後就是瑪蘭悲慘的開始了。唉。」年輕的阿晚爲此長嘆，因爲她的年紀應該和這故事中的瑪蘭最相仿的關係吧：「聽說連去仙公廟拜拜都不肯放行。」

「啊妳沒有買到豬腳怎麼辦？妳頭家會怪妳嗎？」

「他敢？我還沒問他這兩個月有沒有想過我跟孩子怎麼過的呢！」話題又回到了阿文嫂買不到的豬腳上，看是沒有什麼新鮮事了，於是我踢開木頭檔，繼續往前叫賣。但是我很在意這位叫做瑪蘭的女子，我把車拉到市場裡最熱鬧的地方，隨口問起劉信昌的事情。

「喔，你看那攤，那就是他的豬肉攤。」一位年輕的魚販指給我看，他斜對面一個破朽的木製攤頭，掛著「劉」字大旗，有一面滿是刀痕的大砧鎮在攤上，攤子的木紋浮了一層烏黑的油光，不時有大頭蒼蠅旋飛：「他今天沒來擺攤，常常是這樣，一定是他前一晚喝太多了吧。反正村裡的豬肉生意都被他包走了，他就這樣愛賣不賣的，快有一年了。喔，瑪蘭她啊，也差不多是一年前，正好是金俊失蹤了一年整的那個月，被劉信昌娶走的。我們對劉信昌是不敢說什麼啦，但是很可憐瑪蘭就是了。她都會被劉信昌打。不只喝醉的時候打，有時候，瑪蘭去燒香拜拜，他也打。就是去仙公廟燒香啊，她雖然是蕃婆，但是對呂仙公很虔誠的。你說法會嗎？她應該是不會去的，因爲她又不識字。唉，可憐唷，誰叫她沒有才條可以賺吃，拿了人家的青仔欉，還能說什麼呢？」

看來，這位瑪蘭的確是惹人疼愛卻又無法讓人插手干預的可憐女子。人說清官難斷家務事，大概指的就是這種吧。劉信昌好說歹說也是花了五百塊，讓瑪蘭有吃有穿，要說有什麼埋怨，女孩子家說不定也會深覺沒道理而不敢作聲呢。我向魚販問到了瑪蘭的住所，打算等清藏律師法會結束後，一起去拜訪她。

如果是生意人靠近了，劉信昌應該會惡言惡語相向；但假使是日本和尚大駕光臨，諒他不看釋迦牟尼的僧面，也得看看日本總督的佛面才是。

我打轉回去，往仙公廟的方向走，想說在廟前等清藏律師。而這時候，清藏律師卻正巧迎面走來。

「法會這麼快就結束了？」

「唉，別提了，根本沒有人願意受戒。」清藏律師說，他這次傳的不過是佛門根本五戒，也就是不殺生、不偷盜、不邪淫、不妄語和不飲酒五條，算是修道人最基礎的功課：「你知道嗎秀仁，有好多人都問我可不可以只守偷盜和妄語就好。這是什麼款社會呢？貪愛酒肉嗎？還是男歡女愛眞的那麼吸引他們？」

「我說，你總愛挑那種沒人肯做的麻煩事，踢到鐵板了吧。」

「但是法會上很多修行人啊，他們怎麼敢不守清規戒律呢？」

「沒辦法啦，現在就是這樣子，出家不就是爲了可以輕鬆賺吃？」我毫不在乎面前就是位出家人而大言不慚開始批評出家人多麼無益於世間，靠香油錢吃香喝辣，偷娶妻生子，卻不用流汗勞動，甚至還想發起反叛運動。但他也不掛懷毀譽，尤其他知道我只是胡口亂說，他替警察辦了不少像運河案、礦坑案等懸案，並不算是那類毫無實質貢獻可言的貪僧愚僧。

「唉，走吧，我們回松本寺吧。」

「等等，我剛才在菜市場聽說了一件事情，想你跟我去看看。」

「什麼事情？」於是我就領著他往瑪蘭家的方向走去，邊走還把瑪蘭的故事重述一遍，而清藏律師果眞愈聽愈有興趣；關於瑪蘭的處境，任何人聽到都會想幫點忙，更何況是清藏律師這樣德行兼備的大和尚。

「律師，等一下！」就在我們走出了菜市場，循著魚販的指引要去找瑪蘭的家，準備過馬路到隔壁巷弄的時候，後頭追上一位穿著袈裟法袍的人；他揮舞著黃澄澄的大袖，跑得又急又喘，但是一直等到他跑得愈來愈近了，我們才認出他是仙公廟的良慧法師。

「怎麼了，跑得那麼慌張？」

他跑得氣喘如牛，還扶著我的貨車喘了好久，才悠悠地用氣音，像是怕被人聽見似地，小聲地說：「出事了，廟裡出事了。」

「出了什麼事？」

「噓，跟我來就對了，小聲一點，我還不想聲張出去。拜託了。」

我和清藏律師被他這樣神神秘秘的舉動攪得有點糊塗了，但是看在他這麼懇切的請託上，也就只好隨他回去仙公廟裡。

沿路上，菜市場的喧鬧依舊，而豬肉攤還是沒開。想吃肉的人，和賣雞鴨的喊起價來。我隔著幾個攤販，聽見他們吵嚷著，說雞肉足足漲了一塊，太沒天理。肉不是天天都能吃得到的，如果存了點錢想買肉卻買不到，有這樣的心態也是人之常情；而賣肉也一樣，銷量微薄，好不容易少了敵手，當然會想坐地漲價。

回到仙公廟，這時的仙公廟一反常態地關上了大門，朱門上貼了白紙告示，寫著「法會佈置，請勿擅闖」八個毛筆墨字。

但是法會明明已經結束了。

「阿財阿原，開門，是我。」良慧法師拍著門大喊，兩個小徒弟把門揭開。

「兩位裡面請，阿財，你幫秀仁大哥看著他的人力貨車。」

「是。師父。」

跟著良慧法師往大殿走，仙公廟裡現在沒有其他人，連警察都因爲法會順利結束，沒有任何可疑之處而回去警所裡報備了；卻也因爲良慧法師繪聲繪影著出事了、出事了，整個空曠得幾乎有迴音的仙公廟，與方才人滿爲患的盛況對比，而顯得果真有幾分陰森的氣氛。

我仔細地看著驚慌失措的良慧法師，他的年紀約莫三十出頭。他年紀輕輕就擔任廟公一職，大概也是冥冥之間被呂仙公選中的吧。這是早上那群參加法會的信眾們讚許他的褒話，他在村町間的信用應該不錯。方才警察在監視的時候他的確是很莊重的樣子，安排信眾們規規矩矩地等待清藏律師；但狀況一脫離他的控制，他就變了個人，滿頭都是冷汗，講話也結結巴巴，我想，以呂仙公的智慧，不該挑上這位涉世未深的年輕人。

我們一起走進大殿，只看見紅木桌案上擱了一條紅布巾，布巾底下似乎蓋著某樣形狀略呈長條型的東西，約莫是兩個拇指長的物體，而其他祭神的供品包括連平常無時無刻都阡插在大瓷瓶裡的鮮花都撤了下去，實在很可怪。

「到底是發生了什麼怪事？供品都去哪了？」清藏律師也問起紅布巾，因爲那個樣子彷彿像是刻意留在桌上讓我們看的：「這個底下包的是什麼？」

「先讓我整理一下情緒，喔，怎麼會剛好在今天發生這種事情呢。」良慧法師看起來真的碰上了大麻煩，他方才在法會上故作鎮定的臉，終於有了年輕人該有的煩躁與不安，他碎唸著：「如果是平常也就算了，偏偏發生在我跟警察申請舉辦法會的日子裡。」

我想那布巾底下的東西應該和良慧法師的苦惱有莫大的關係，本來要直接伸手去揭開布巾底下的眞面目，但卻被良慧法師阻止了：「先聽我說完，再看那個東西是不是如我所想的那樣糟糕。律師啊，那個剛才，就是法會啊，一直到結束之前，是不是沒有任何人來到這張桌案前，找律師您傳戒或講話？」

「不全是這樣。大家坐在蒲團上，聽我說修行人不能這樣又不能那樣，大概也是心生畏懼，法會一結束便匆匆散去，我是沒有傳戒給任何人沒錯；但私底下也確實有人走到我面前，和我隔著桌案，問我能否只守三戒或兩戒就好。」

「嗯，那些人你有看清楚他們的動作嗎？」

「清楚不過了，他們個個畏畏縮縮的樣子，很怕被我抓來傳戒吧。」

「那，法會算是比預期的還早結束了，對吧？」

「這些我和你都在場，不用再確認了，你可以直接說在那之後發生的事。」

「在那之後啊，在那之後，我就讓阿財阿原兩個人，送大家離開；那因爲法會說的都是戒律教條，他們害怕被留下來要求強制守戒，所以和律師你說的一樣，大部分的人早早就散去了。到這邊爲止都很正常，警察大人讓我簽了切結書，確認這次的法會是屬於佛教的活動，並且由我個人擔保所有法律上的責任。

接著我也送警察出了廟門，就和兩位徒弟開始打掃大殿。阿財阿原他們在整理供桌的時候，卻看到這東西被人用紅布巾蓋著，好大膽地放在桌上的。

所以我才要問，法會的前後，是否有人靠近桌案。

啊，我當時眞不該把那切結書簽下去的，要是讓阿財或阿原代簽，就沒煩惱了。算了，我只是說說的，不可能把責任推給他們，他們不過是我的徒弟，哪裡管得到這麼大的事情？」良慧法師說完，撫著額頭，好像很懊悔的樣子。

「那就是說，警察回去之前，這東西就一直在供桌上？」清藏律師只想知道紅布下的東西到底是什麼。平常態度灑脫的僧人，一遇這種事情就專注全神戒備，難怪他經常鬧肚子痛，大概是一專心，腸胃就被絞得太過頭，都痙攣了。

「嗯，就不知道是誰，把這種東西丟到呂祖的神明桌頂。」良慧法師說著說著，自顧地把那紅布巾扯開，一扯開他還別過頭不敢再看；那紅布巾底下居然是一副肉色逐漸委靡乾癟的陽具，而且被切斷的血肉已經凝固，似乎被切下來有一段時間了；但那看就知道是人的而不是牲畜的，清藏律師也不免皺起眉頭來。

「怎麼會有這種東西？警察也在看，還有法會這麼多人，怎麼可能沒發現？可是如果是法會結束之後才出現的話，這……」清藏律師話說一半，看著良慧法師師徒三人，他們互相對看，大概也聽得懂清藏律師的意思。

法會結束後，仙公廟只剩下良慧法師師徒三人，如果眞是這三人當中所爲，那麼這起事件就變得更複雜了。

首先，阿財阿原他們年紀都小，十多歲的人，不敢違逆良慧法師。其次，照這樣說的話，只有可能是良慧法師自己做的，但這樣他的求救就顯得太多餘了。

明知道嫌疑很快就會落在自己身上，還特地選了個尷尬的時間點，把這疑似凶案證物的東西，如此大不敬地擺在神明的桌案上；然後跑來找清藏律師和我，讓我們調頭來，專程回廟裡看這副陽具的用意，實在難以猜測。

於是我也轉念一想，是否在法會正要結束的那時候，人影起身走動之間，或許在桌案前有點推擠，而在場幾百雙眼睛都因此有了不同的視線誤區與死角，才有人能趁亂把這副陽具放上神明的桌案。

直到法會結束，人群散光之前，清藏律師都在法座上，隔著桌案和那些膽小的修行人對談；也就是說，一群人圍著擺滿了鮮花供品的神明大桌，都穿長袍大袖，遮遮掩掩可以有很多機會把這個不敬的東西擺上桌，清藏律師因爲這樣而錯過了目擊的先機，似乎也是有情有可原的。

「這應該是我的疏忽，先弄清楚，這個東西，是否牽扯犯罪，還是有別的因素；這可能是兇手釋出的警訊，但也可能是這個東西的主人自己割下來的。」

「但不管怎麼樣，這件事都不能告訴警察。」良慧法師說：「如果警察知道了，那麼仙公廟就會面臨史上最大的災禍了。」警察不會容許本地寺廟發生這種凶案，尤其是在那次叛亂事件之後，不管有無犯罪事實，只要妨礙了善良風俗或破壞了社會的和諧，都會讓本地寺廟面臨關閉或拆除的厄運。

「好吧，這件事情就交給我們兩個。」清藏律師也不管我同不同意，又私自承攬這種麻煩事，還順理成章地拖我下水。

「那，律師，這個該怎麼辦呢？」良慧法師指著桌案上的陽具不知所措。

「我就先收起來吧，反正你也不希望讓警察來辦這個案子，還把桌案上的供品收得那麼乾淨，也就沒有必要在意現場的完整性了。」

「那就有勞律師了。」

律師從袈裟的暗口袋裡掏出一疊純白的懷紙，抽了兩張，隔著紅布巾把那副無主的陽具包捆好，交到我手裡來：「你先把它藏到人力車的底下，我記得你有裝一個暗櫃？」

「又是我？唉，認識你眞倒楣。那，我們要往哪裡去？」

「急事緩辦，我們先去看看你說的那位瑪蘭，然後再去找這個的主人。」

才提到瑪蘭的名字，良慧法師卻滿臉狐疑地看了我們一眼：「瑪蘭？她怎麼了嗎？」

「喔對，」我想起來，賣魚的小販說瑪蘭常常來仙公廟，想必良慧法師也知道她：「聽說她身世悲慘，我和律師想去慰問一下。」

「唉，是啊，她是個可憐的女子，還那麼年輕呢，希望呂仙公可以看在她那麼虔誠的份上，好好庇祐她的下半輩子可以平安順心。」良慧法師嘆了口氣，那樣子很悲憫，更讓人確信瑪蘭來仙公廟的次數應該很頻繁。

「那我們先告辭了。」

「兩位先生慢走。」良慧法師行了大禮，目送我們走出廟門。

出了仙公廟，外頭依然熱鬧喧雜，阿財阿原把那張告示撕了下來，正式迎接香客，信眾們拎著謝籃魚貫而入；良慧法師彷彿什麼事都不曾發生一樣，站在門外送我們離開。劉家豬肉攤沒開張的消息，也依舊在人們的嘴裡耳邊傳來送去。

「你覺得呢？秀仁。」

「我比較相信清藏你的觀察力，所以，不太可能會有人在你的面前，放了一包紅布巾這麼顯眼的東西，而你沒有察覺。」仙公廟的大殿，有三扇左右對開的木門，跨進門後，是一處鋪了石磚的空地，也就是法會時大家席地盤腿跪坐的地方，這裡和廟埕，當時都塞滿了信眾。

面對著信眾的，首先是案發的那張大供桌，全紅木的供桌上，平常放了許多水果，疊在供盤供碗上，是水果磊成的浮屠塔；而供桌兩旁則各有一支大花瓶，插了劍蘭、百合、黃白菊等花枝，法會期間更是擺上了左右各四支同樣釉色的大花瓶，也插滿了鮮花。

如果盤坐地上抬頭而望，會看到供桌之後、呂仙公神尊之前的清藏律師，端坐在良慧法師特地請木工師傅打造的須彌臺上，被花團擁簇的姿態，十分莊嚴。如果坐在須彌臺上，我剛才在廟裡有試著比對看看，那張供桌的一景一物皆收眼底，以清藏律師的道行，很難有人能混水摸魚地放上什麼東西而不被他發現。

「你這麼捧我，實在很感謝！但事實就是我的確沒有看見，不管是被矇騙遮掩，還是根本時間點不對，我很確信我沒看見那包紅布巾出現的瞬間。但我比較擔心的是，良慧法師知道些什麼，但礙於呂仙公的關係，他不願明講。」

「呂仙公的關係？那是不是要把他請出廟來談談？」

「不只是那樣，他不敢在呂仙公面前說謊，是一個原因；另一個原因，就像他所顧慮的，呂仙公是民間本土的信仰，也正是日本總督欲除之而後快的眼中釘；如果今天不是我和其他和尚願意出面擔保，還有良慧法師自己肯安分守己，這間仙公廟可能早就隨著那次的反叛，跟著被剷平了。」

早在十餘年前，年號還是大正的時候，住在玉井的余清芳，端著他所信奉的五福王爺，聚集了一批為數不少的香客信眾，有意無意地演變為一種武裝抗日的型態；而這十餘年間，有很多被視為叛亂的運動，也都是從廟裡開始的。

我還記得，最近一次的運動發生在六合境的福德祠，當時，松本寺收容了媽祖王爺的神尊香擔，我也用人力車載過好幾尊土地公，躲避被焚毀的危機。而清藏律師和僧眾們出面擔保呂祖廟、城隍廟、天后宮等宮廟，承認呂祖城隍天后都是佛教在臺灣化現的護法神尊，也承諾這些宮廟不會有叛亂或非法的文化運動。

總之，大小宮廟已經風聲鶴唳了十年，逐漸養成習慣，導致很多廟公像良慧法師一樣，從此不敢隨便鋪張祭祀，也都改穿起袈裟；少部分的人還穿著道袍，但是都很低調；向警察報備的時候，任何法會儀式都依附在佛教的名目底下。

站在良慧法師的立場，發生了這樣奇怪的事件，他一定比誰都還要惶恐。

「那我們現在還是要先去找瑪蘭嗎？」

「對，走吧。」清藏律師摸了摸他的光腦袋，若有所思地說：「先處理不相關的事情，讓我也邊走邊想想吧。」

人說瑪蘭住的房子，是一棟兩層的洋樓，劉信昌壟斷了這個地頭的豬肉生意，累積不少財富。這一町的洋樓都蓋在同一條街上，從菜市場那裡走來，走進一條只許兩個人擦肩而過的窄巷，便可以看見兩線道的寬敞馬路在巷子的盡頭，而那排洋樓，就在那條馬路上。

我拉著人力車，所以迎面來的人都得避到一旁讓我先過，清藏律師走在我前面，好讓人來得及閃身。

「瑪蘭她，到仙公廟拜拜的時候，也走這條路嗎？」清藏略帶疑惑地問。

「這條路最近，應該錯不了。」我按照魚販的口述，找到這條巷子。

「那有一點說不通，她的丈夫如果不希望她到仙公廟拜拜，這是你聽來的消息，對吧？走這條路，就會通過菜市場，如果被正在做生意的劉信昌看見，她不就又要討一頓皮痛了？」

的確，方才買面桶毛巾還閒聊了好一陣的那三位太太，其中最年輕的阿晚就說，劉信昌很不喜歡他的妻子瑪蘭去仙公廟拜拜。什麼原因不清楚，但從劉信昌根本不到廟寺拜拜，菜市場對面的魚販也說劉信昌即使在年初九的時候，都不曾放炮慶賀天公生的舉止聽來，劉信昌或許就是那種鐵齒到家，蔑視神鬼的人。

有一句沒一句地聊，清藏律師交代我，到時候去了劉家，要趁劉信昌不注意的時候，給瑪蘭塞點日用品，至於費用就先就記在松本寺的帳上。

我拉著車，車底的夾層躺了一個陌生男人的命根子，異樣詭譎的心緒湧上心頭。清藏律師倒是徹底忘個乾淨的樣子，總是在談瑪蘭跟劉信昌。

「終於到了，這巷子也算長了。」清藏問我：「哪一棟是劉家啊？」

「我看看喔，」我把車子稍稍往前拉了兩步，挨到律師前面，很快我就認出了魚販說的劉家：「那一間，右邊第五間，亭仔腳擺了很多荷葉的，耶對，你看，有個女人提著水桶走出來的那間。」

我們趕緊過了沒有什麼車輛通行的馬路，走進了對面洋樓的亭仔腳，清藏律師看了看兩側的住家，他們的亭仔腳都收拾得很整齊，頂多有張藤製的搖椅，任憑孩子當搖馬在騎，或是午睡在椅子裡。

只有那第五間的劉家，在亭仔腳的屋樑下掛滿了荷葉，刷洗荷葉的水也潑了一地，那名女子進進出出，提著水桶，拿著一柄小刷子，細細地刷那些逐漸變黃的荷葉。

那些荷葉是菜市場攤販習慣用來墊在食物下的生財道具，或者包魚包肉，用鹹草一紮捆，客人拎著就能四處晃盪而不會沾染腥臭與油光。賣豬肉的人家，用前庭後院刷洗新舊荷葉，省得幾分錢，也是很平常的事情；至於同爲洋樓的鄰居們，大概都是讀書人，念法律醫學的斯文大戶，自然就顯得這戶在市場做事的劉家，成天忙碌得十分突兀了。

「走吧。」我從玻璃窗看見自己拖拉著人力車的樣態也和這條街有些格格不入，所以我把貨郎鼓擱在攤車上，也不敢喚聲叫賣，還擔心鐵鋁杯碗敲碰在一起的聲響，驚擾了這裡的人的午休睡眠。

我小心地拉著車子，清藏安步在前頭走，我們卻都悠悠地聽到那一戶掛滿荷葉的劉家，從客廳流洩出廣播電臺的音樂聲，間或還有女子的鼻哼，正緩緩從房子的深處，大概是後院取水的地方傳出來的。

「請問，這裡是劉家嗎？」

清藏律師揚聲一問，那女子只在屋內應聲。

「是，等我一下喔。」

我聽見裡頭有水花飛濺嘩啦啦的聲音，大概在洗手吧；不到半分鐘，一個梳了兩條長黑髮辮的蕃族女人從房裡走出來，她的膚色與我們一般白，但是她的五官精緻深邃，看上去便知道是高砂族的。

「請問有什麼事嗎？喔，師父你好。」她走出家門來，看見到訪的是兩位男子，本來有點膽怯地退了半步，但是看到清藏光光的頭和法會結束之後就一直沒有換下的七條袈裟，很自然地恭恭敬敬地彎腰鞠躬，雙掌合十拜了一拜。

「施主午安，貧僧聽說有位瑪蘭小姐住在這，特地來拜訪。」

「我就是，但我沒有什麼値得師父好拜訪的啦。」瑪蘭淺淺地笑了笑：「一般都是人家來拜訪我頭家。」

「喔，那請問您丈夫在嗎？」

「他喔，他不在，一早就出去菜市場賣豬肉了。」

一聞及此，我和清藏都停了半拍。

劉信昌今天沒有擺攤賣肉的事情，拜阿文嫂和阿春阿晚這些太太之賜，幾乎全天下都快知道了，唯獨在家裡忙著打理家務刷洗荷葉的瑪蘭不知情。

「那個，劉先生今天沒有去擺攤喔。」我看不過去，心想既然蠻橫的劉信昌不在，那就乾脆跟瑪蘭講清楚，要她自己做好打算：「其實是，我在菜市場聽到了瑪蘭小姐你的事情，覺得你這樣不値得，所以拜託這位大師來和我一起看看有什麼可以幫忙的。說個難聽一點的，你想要離開他，我和大師也很樂意幫忙的。」

「這，我。」瑪蘭呑呑吐吐了好一會兒，也不知道該怎麼回答我們。

「有什麼狀況，都可以跟我們講，我和這裡的良慧法師也算熟了，可以幫忙你的。」清藏律師提起良慧法師，瑪蘭的眼神轉爲柔軟，似乎卸下了對我們的戒心，才一點一點把劉信昌是怎麼欺負她的事情講了出來。

「我現在的丈夫，是對我不太好，可是我實在沒有能力離開他。你們應該也有聽到町裡的人說，我還有前一任丈夫。我幾乎是在失去了金俊的消息，已經讓鄰居們接濟到他們也都快無能爲力的時候，遇上了現在的丈夫信昌。信昌拿五百塊娶了我，那五百塊到現在都還沒花完，我現在，即使被信昌打了，不知道該怎麼辦，也不能怎麼辦。

所以我去仙公廟，找良慧法師，他很熱心，願意開導我，也說有機會要幫我開導信昌。」很可貴的是，瑪蘭所說的這些遭遇，居然也和那些七嘴八舌的太太們所謠傳的故事，相去不遠。我本來以爲她們總會加油添醋亂說一通的。

「妳丈夫出門前，跟你說了什麼？」

「就說他要去做生意，要我把家顧好。跟平常沒什麼不一樣。」

「那他平常會像這樣偷懶嗎？」

「會，他還會到貸座敷去喝兩杯。」

「這麼早，他就沉溺酒色，看樣子，他眞的賺不少？」

「是，是很夠我們兩個人花用。」

「嗯，那還有什麼是我們可以幫忙的呢？」看樣子是不用贊助他們日用品了，就不知道這樣的人家還會需要些什麼幫助。

「我想應該是沒有，如果有，我會告訴良慧法師的。」

她又提到良慧法師，我就起了一個興趣，我問她爲什麼今天沒有參加法會。

「我有聽說是傳戒的法會，但我們賣豬的人家，怎麼可能不拿刀殺生呢？想想就作罷了。」

「你和良慧法師應該也很熟吧？」

「沒有什麼熟不熟，誰到仙公廟去，都會遇到他吧？那樣，全村的人都和他熟了。」

瑪蘭笑笑地說，看起來，今天是一個很尋常的日子。丈夫跟平常一樣偷懶不工作，人們依舊在她背後指指點點卻不敢伸出援手，而來慰問的人們，總是不知道她需要的究竟是什麼。啊，每天，幾乎都是這樣在刷洗荷葉的聲響中，流水無情伴隨青春年華淌了一地濕潤。

「那，那就打擾了，有什麼需要再來找我們或良慧法師吧。」

「謝謝，謝謝師父。」她又畢恭畢敬地彎著腰，這次，清藏律師也還了禮才轉身離去。

「怎麼樣？」走出了瑪蘭家，回到那條通往菜市場的窄巷，我才問起清藏的看法，他依然走在前頭，腳步似乎很輕快，像解決了一樁大事一樣。

「不怎麼樣，世間男女情愛總要面臨這種苦難的。」清藏律師胸有成竹地說：「反倒是仙公廟的事情，我方才終於想通了。」

「什麼？」

「關於那包布巾，出現在仙公廟的時間點。」

「就是警察離開，剩下良慧師徒三人的時候。」我說。

「我想，良慧他看到紅布巾之後，不知所措，想到我對刑案有點研究，就追出來找我。」

「這是很自然的，人之常情。」

「但如果，他把這個丟到運河去餵魚，會有誰知道呢？你想想看，這件小事情有必要讓他這麼驚慌嗎？」

「啊！所以，他來找我們，有別的用意？」那一副陽具，不過就是一丁點的碎肉，如果良慧師徒三人都與陽具的主人沒有牽扯，大可以丟到河裡，不必如此聲張地又找來兩個外地人一起當目擊者。

「對，而且他籌備了至少有一個月以上。我懷疑，根本就是他盤算好的計畫，邀請我來這裡舉辦法會，好讓我替他面對。只是不知道要面對什麼。」

「可是，爲什麼呢？你和他又沒有過節。」

「甚至有恩於他，對吧？所以是不是這樣，他其實是專程找我求救呢？」

清藏這麼一說，彷彿也點中我閉塞的靈竅，但我不知道該怎麼說出我的感想。

「你等著看吧。」清藏律師推論，良慧師徒三人和那副無主陽具有著微妙的連結：「我們先回松本寺去，等個幾天再回來。」

「就這樣回去？不用跟良慧法師報備一下？」

「嗯，讓他著急一下，他應該會主動告訴我們實情。」清藏律師快意地揮舞著大袖跨步向前，走了幾步之後，回過頭來，很肯定地對我說：「就算他還想隱瞞，也已經無法把這個大謊說得圓滿了。」

下

由清藏律師擔任開山長老的松本寺，佔地不算大，藏在一條寬不過三間左右的窄巷裡。從市中心出發，往海的方向走，看到望月橋之後，再過去十多間的路程，快到上鯤鯓那一帶，就可以看到松本寺蓋在市役所贊助了長寬最多半町左右的小地。寺裡的開辦雜支，到目前都是靠鄰居們聽說日本和尚要來這裡當住持，便大方捐獻出來的。松本寺的鄰居想要藉此獲得福蔭的想法，無可厚非，因爲他們都是些收入中等的住戶，所謂的中等，就是每天到別人的工廠或會社上班，一個月領得到五十圓左右的薪水；如果夫妻都在做事，那就算很過得去的中等家庭了。若不祈求神明，他們都是無法躋身發達顯貴的一群普通人。

松本寺和這樣的鄰居爲伍，日子自然是安逸寧靜。

所以當四位裝備整齊的警察，各自都提著一個公事包，臉色凝重地佇立在松本寺的山門前時，便驚動了左鄰右舍。鄰居們圍觀好了一陣子，決定派兩組人員，分別到巷口和巷尾去把風，我和清藏律師才剛走到巷口，就被拉到一旁，他們指著山門下的警察，問我們發生什麼事，警察怎麼會親自登門拜訪。

「你們去惹到警察喔？」

「不是啦，你們沒有看清楚，那位身材略高的，不就是田邊先生嗎？」清藏指了四人當中個頭稍高的一位警察，同時也喊出他的姓，落落大方地走向松本寺的山門：「田邊桑，你怎麼會來？」

「喔，律師您回來了。」田邊警察用的是敬語，他也帶著那三位警察對清藏敬了禮。田邊警察就是前些日子辦理運河案的經手人之一，如果不是清藏律師出手相助，殉情的眞相難以查明，幕後的指使者也將逍遙法外。

「你們三位不是？」清藏一看，就認出這三位是早上守在法會的警察。

「是的，我把他們都請來了。」

「我們進去說吧，這裡人多。」清藏大概知道是要談些什麼了，他輕輕轉過頭來，對我招招手；我看出意思，拉著車，停到山門內，把裝貨的紗櫥蓋起來，暗櫃的木板也關實了，都分別上了鎖，才跟著走進寺裡。

其他的人，總是圍在寺院的門外，繪聲繪影地猜起清藏律師的前半生，應該是個功勳顯赫的貴族派。從原本擔憂受到牽累的心態，轉而羨慕起清藏的身份。

「秀仁，可以的話，幫我們的客人準備熱茶。」

「不用麻煩啦，我們只坐一下子而已。」

「沒關係，我泡茶也很快。」我走進方丈室隔壁的茶水間，那是一個沒有裝潢的水泥隔間，除了有水槽與杯碗棚架之外，也有熱水可以取用。平常如果有茶會，這個小隔間便能派上用場。清藏律師喜歡濃厚的抹茶，配些甜膩的糕點像練切餡那種，懂得茶道的貴族名流們，便有許多話題可以跟清藏律師切磋。

我給在場包括我自己六個人各泡了一杯熱茶，都是淡麗而方便入口的煎茶，最適合趕時間的人飲用。而在我準備的同時，也能聽見清藏與田邊的寒暄差不多結束了，隔壁的談話正逐漸進入正題，我便端好六杯茶湯，走進方丈室。

「來，請用茶。」

「謝謝。那麼，我就請這城之內警員開始講述，他們三人的工作內容。」田邊開了場之後，兩手握拳放在大腿上，微微地傾著半身鞠了一個小躬。

「我們其實在追查良慧先生，我們不稱他法師或大和尚，因爲實際上，我們都知道他是假的和尚。」城之內說，他們奉命調查一樁人口失蹤的案件，已經有兩個禮拜左右了：「失蹤了兩個禮拜，家屬都沒有來報案，我們接獲報案之後覺得很奇怪；而自稱最後見過那位失蹤者的報案人，是一位菜市場的菜販。」

「那位失蹤者的身分是？」聽到菜市場，清藏律師不免皺起眉頭。

「姓劉，叫信昌，是菜市場的豬肉販。我們去找過他的家屬，也就是他的妻子瑪蘭，她對這件事情毫無警覺，也渾然不知丈夫的行蹤，我們覺得很奇怪。」

城之內一說完，清藏律師倒吸了一口氣，他的手裡捏著脖子上長長的黑瑪瑙掛珠，不由自主地轉動起珠子，眼神還頻頻瞟到窗外去。

「怎麼了嗎？」

「這個嘛……。」清藏律師不知道該不該說，但看樣子他不打算說得很徹底，故而神態飄忽：「因爲我們剛才在菜市場，也有聽說劉信昌失蹤的事情。然後，也去見過瑪蘭了。」

「喔，那應該會有很大的幫助。是這樣的，我們的調查也是從菜市場開始。那位賣菜的先生，來和我們報案，說劉信昌在十四天前的夜裡，走過仙公廟前面的那條路；因爲夜路很黑那個菜販不確定劉信昌有沒有走進廟裡，但之後到今天，整整兩個禮拜，都沒有看到劉信昌來擺攤子了。」城之內繼續補充：「很奇怪的是，那樣連路都不清楚的夜晚，仙公廟的門是開的，門前的燈籠也是點著的。所以我們才會拜託田邊桑，來松本寺，想問問看律師的看法。」

我聽到這裡有些疑問，但是我沒有提出來，讓城之內繼續解說事發經過。我想到的是，既然夜路深黑，菜販如何肯定那個人就是劉信昌呢？就算靠廟門外的那幾盞燈籠，也不足以確認深夜中的人，就必定是劉信昌吧。

這樣的證詞瑕疵城之內也看出來了，他彷彿聽見了我的心音，拿出一疊資料說：「我們也懷疑，菜販可能看錯，但實際上，這是菜販第二次來報案了，劉信昌的消失，我們關注了兩週。關於劉信昌失蹤的時間，差不多就是在那個時候。隔天早上，他的豬肉攤就沒有開張了。而且，除了菜販，我們還有別的證人。」

城之內請他旁邊另一名員警，也拿出了他自己的資料，那名員警繼續接手城之內的報告，開始講解報案的經過：「先自我介紹，我姓川島，當時是負責作筆錄的人。那位菜販跟我們說，他很肯定那個消失在仙公廟前的男人，就是劉信昌。因爲，早上大家都聚在一起作生意，無論是衣服或髮型，都是很容易辨認的。」

「所以你們懷疑，是良慧對劉信昌下手？動機呢？」清藏律師問。

「良慧先生的動機，應該是劉信昌的妻子，瑪蘭吧？」川島又從資料堆裡抽出另一本口述紀錄：「這是瑪蘭鄰居提供的，這位鄰居是一位年輕的醫生娘。她說，這半年來，瑪蘭三天兩頭就會跑去仙公廟，去的時候總是拎著空空的謝籃，回來的時候，謝籃似乎卻都是滿到闔不起來。」

「聽這位醫生娘的說法，瑪蘭用拜拜掩人耳目，而且她到仙公廟之後，還能拿到不少東西回家。」清藏喝了一口茶，好像在嫌那茶水太淡薄了：「可是，就這兩個人，依舊不能斷然地說仙公廟有什麼問題。」

「我們也有問那位鄰居，問她是否有在那天晚上看見劉信昌外出。她說，那天很晚了，無法確定誰在什麼時候外出，但是她深信那天晚上，隔壁劉家的人都不在家。她是醫生娘，不用工作，待在家裡的時間多過任何人，我們在某種程度上，認為她的證詞很有參考價值。」

「怎麼說？」清藏律師不理解，警察是否把宗教問題也算進案子裡了。

「不只是她，瑪蘭所有的鄰居都說，看過瑪蘭和良慧先生並肩走在一起。律師，如果你去過瑪蘭住的那條街，就知道她的鄰居都是閒人，要整天監視她家也並非不可能。只是我們還沒有詳細去調查這方面的線索，所以不敢斷定。」瑪蘭住的那條街，隔壁鄰居有任何動靜，應該都會察覺。

「嗯，只是，瑪蘭提著謝籃到仙公廟的身影，應該全町都有印象吧。」清藏律師說，瑪蘭經常和良慧法師有互動，日久生情，也是極有可能的。

「是的，所以我們的方向，就依照醫生娘的證詞，把目標鎖定在仙公廟。菜販看到劉信昌的那天，瑪蘭傍晚就提著謝籃出門去，一直到醫生娘他們家吃過晚飯，劉家的門始終都是深鎖的，燈也沒開。」

清藏律師聽著報告，心裡原本就有些盤算，銳利的眼神似乎更篤定了他的推斷方向是正確的。我則是低頭抄寫川島或城之內在談話中透露出可能很重要，或者根本只是冗言贅詞的訊息。我想，只要慢慢整理，案情應該就會很清晰了。

「這些本來都不能跟你們講的，但是田邊桑說，你們是值得信賴的探偵，所以，希望你們不要把消息走漏。」

筆記寫到一半，我也開始在想，瑪蘭住的那排洋樓，鄰居們天天都能聽見或看見她發生不幸，但她也照樣會拎著謝籃跑到仙公廟去找良慧法師。究竟該如何面對這樣的鄰居？當她被劉信昌打得鼻青臉腫而不得不夜半敲門來求救，有人願意拯救這樣的女子嗎？即使是背負著可能會被劉信昌殺掉的厄運。

「總之，我們希望能找到劉信昌；如果找到的是屍體，那也要揪出兇手。」

清藏律師把茶飲盡了，悠悠哉哉地把杯子擱在榻榻米上，語帶含混地說道：「就是仙公廟吧，我會去看看的；以我這前法醫的身分。」

「謝謝，眞是太感謝了。那麼，打擾了。」田邊和那三位警察，帶著他們的資料，一起離開了松本寺，而寺外看熱鬧的人還未散去；我送警察走的時候，被鄰居們拉著問了好一陣的話，盡是些無聊的揣想。

人群漸漸散去，町內又恢復往常的寧靜。這裡都是住宅，沒有作生意的店家；住戶臨著一面向海的運河，聽擺渡的聲音，過著簡單的日子。天空的雲彩像燒了起來，橘紅色的舌焰，舔舐著淺藍色的圓月如一張瓷盤。松本寺的屋瓦，頂起黯黯雲影，在庭院裡，清藏律師盤腿坐著的身影被拉得好長好長。

「到這裡爲止，案情已經很明朗了。」送走警察之後，我把茶盤杯碗整理了一下，便與方丈室裡的清藏對坐了數十分鐘；兩人沒有交談，任憑時間與思緒流過。而他忽然睜開了眼，彷如出了大定，他說案情明朗了。

但我的筆記上還是一團模糊，迷霧一樣的疑案，兵分兩頭沒有結論。

「我還是不懂。」

「嗯，應該只是小環節而已，你的筆記我看看。」我把筆記拿給清藏看，他看著那些隨手亂記的訊息，撫著光光的腦袋，微微笑著。

「眞噁心啊，你的笑容。究竟是怎麼樣？」

「哈哈哈，我覺得你寫到這樣，算是不錯了。」

我自己再仔細看看，節理最清楚的筆記當屬這一段：

「五月九日，傍晚，瑪蘭一如往常提著謝籃離開家裡，未歸。

同日，將近午夜，劉信昌失蹤於仙公廟門前。

五月十六日，接獲菜市場菜販報案。

至今二十三日，已滿兩週，菜販再度前來報案。承辦警方委託田邊警官尋找清藏律師。

同日，呂仙公誕辰，呂祖廟於一個月前，便已由良慧法師發函，邀請清藏律師主法，傳授佛門五戒。

上午十點，法會結束，神明桌案發現無主陽具。研判已經割下數日，但似乎還沒開始腐爛，懷疑有用鹽巴或藥劑處理過。仙公廟只有良慧與徒弟，共三人。

十一點，拜訪瑪蘭，瑪蘭謊稱早上還有見到丈夫。

下午三點，回松本寺，由田邊帶領城之內等警察，交代案發狀況。」

我自認沒有遺漏任何重要的資訊了，但還是惹來清藏偷笑。

「走吧，我們到仙公廟去。」

「這麼晚了耶？」

「放心吧，現在去正熱鬧。」

「喔？」

「你的推車記得。」

一整天下來，往返這兩地，我的手腕也推得有點疼了；但爲了能夠破案，硬著頭皮也要推去。從松本寺到仙公廟，大概有四十幾町遠，少說也要快兩小時才走得到。港邊有幾戶人家，早早點上了煤油燈，準備要出航去了，藉著他們的光，還看得出一個海港的輪廓在夜色中搖盪；巷子裡也不乏貸座敷點來招攬客人的刺眼燈泡，像安康魚的頂燈，招進多少肥潤的荷包，卻也吐出了多少乾枯的柴骨。

晚上的仙公廟，陰陰沉沉，連燈籠都未點著。走到開山町、清水寺這些地方，因爲廟地開闊，商家多，連棟的住戶反而很少；一入夜後，瞬間神氣俱喪，有幾股幽幽鬼氛。很難想像這裡白天塞滿了人的樣子。

「來，這個給你提。」我從紗櫥拿出了紅燈籠，交給清藏，讓他在前頭照路。推車的車頂則是掛上了煤油燈，隨著我推車的幅度，左右晃蕩。我們兩個走在夜路裡，宛如喜神喪神約好了，在臺南城裡夜巡。

好不容易走到仙公廟，卻吃了閉門羹。

「沒開耶。」我看那兩扇朱門，像早上那樣深鎖，簷下的燈籠也沒點著。清藏律師怎麼會說晚上才熱鬧呢？

「嗯，相信我，裡面有人。而且不只師徒三人。」清藏律師很篤定地說裡面有人，但他只是繞著廟牆，還沒有打算叩響獸環的意思。

「那現在怎麼辦呢？」

清藏律師要我對著仙公廟的正門大喊：「找到劉信昌了！」他說這樣才能引來眞正的犯人。

「等我躲好你再大喊喔。」

「好。」

我看清藏躲到廟牆邊的陰影裡，只剩下那盞紅燈籠在風中搖曳著。便大力拍響紅木廟門，扯著喉嚨大喊：「我找到了，我找到劉仔信昌了！」原以爲廟裡的人會慌張地開門來迎，卻沒想到比他們更快的，是住在廟旁的住戶，全都把門窗打開來，一臉詫異地看著我。

我以爲吵到他們的休息，但看他們的表情，卻又不像。

「七晚八晚，你是在亂喊什麼？什麼劉仔信昌？」有位太太站在二樓的露臺上對著我大吼，我抬頭一看，正是今天早上穿著藍色花布漢裝的那位阿春。

「我，我找到他了。」

「哼，尚好是找有！」阿春怒斥一聲，鼻子裡的氣一噴，從露臺走進屋裡。我本來以爲她會走下來找我理論，可是沒有。那位喊水可以結凍的她就這樣靜了下來。而至於那些探頭探腦的人，也都默默地掩起門窗，不理我了。

「喂，開門啊，我找到劉信昌了。」我不死心，繼續敲著廟門。大概五分鐘後，廟門終於打開了，來開門的是阿財阿原兩人。

「什麼事情，這麼晚了？」他兩人一付不想理睬我的樣子，門只各開了一半，虛掩著還不讓我往裡頭探。

「你師父在不在？」

「在啊，在裡面，你找他幹嘛？」

「呃，我找到劉信昌了。」

「什麼！」他們像是聽說死去的人復活了那樣驚訝，瞪著大圓眼珠看著我，看了幾秒，忽然同聲大笑起來：「哈哈哈哈，沒可能啦！你不要隨便拿個人來騙我們了。」我任憑他們縱聲大笑，我知道包括阿春那些鄰居，現在正躲在門窗內偷看著我和阿財阿原，看著仙公廟這裡。

「阿財、阿原，是不是清藏律師？」

這時候，從背後傳來良慧法師的聲音，反而嚇了他們兩個一跳。只是阿財阿原身後站了兩個人，除了良慧法師，還有瑪蘭。

這麼晚了，她怎麼會在在這裡？

「師父，不是，是跟律師一起來過的，那麼賣什細的秀仁。」

「嗯，你們先退下吧。」他們兩個退到門邊，而我跨著大步就這麼連人帶車，慢吞吞地拖拉推車進廟裡去。

「是清藏律師讓你這麼做的嗎？」

「對。」

「他人在哪裡？」

「我在這裡。」清藏律師從廟牆邊走了出來，他手上那柄燈籠的光暈把他俐落簡潔的身形照得比天上月光還冷冽：「你算準了我會來的，對吧？」

「我只是認爲，清藏律師如果能夠看懂我的用意，就會願意幫忙。」

「這不是幫不幫忙的問題，我希望你們能把事情說清楚。」清藏律師認爲還是要他們自己親口招認，否則好像都是清藏律師在誣陷他們：「說吧，爲什麼要刻意引我們過來？從松本寺引到仙公廟，辦了這場法會，爲什麼好端端地要讓仙公廟捲入你們的男女是非？」

「這不是男女是非，律師。請你聽我好好說，我希望說完，您和您的朋友，能夠不要把這件事情說出去，尤其千萬不要讓警察知道。」

「好，但是你要保證，這件事情不是出於你們的私心，而事件過後，你也要嚴守清規，我才肯幫你做個了結。」律師已經想好怎麼跟他們談條件：「瑪蘭妳呢，我會想辦法幫你問出金俊的形蹤，不管他還要不要妳；而這往後的日子，妳就要替自己找一個賺吃的出路，不要再依賴男人了，知否？」

「是。」他們兩人同口答應，要我們進大殿裡談。

「有誰可以告訴我，現在發生什麼事嗎？」我實在看不懂清藏律師的安排，從我們夜訪仙公廟，到清藏律師談條件等等，都已然超出了我對這樁案情的理解。究竟瑪蘭和良慧法師做了什麼事情，既可恨卻又不得不原諒，讓清藏律師一再忍讓到現在，還說要幫瑪蘭找金俊。

「讓他們自己說吧，我點破了，他們反倒會不承認呢。」清藏律師道。

「你們哪個先講？」我聽見自己有點氣急敗壞了。

「瑪蘭，妳先告訴他吧。你們那個町的人，是如何聯手殺掉劉信昌的。」

「什麼？」我聽到清藏律師說的話，清清楚楚地是講「那個町的人」。一整個町的人都介入其中，這是我聽過涉案人最多的凶案。

瑪蘭清清喉嚨，那聲音淺淺的，有點膽怯，說起這一個月來所發生的種種。

「其實，我和良慧法師眞的沒有什麼，像他這樣不帶邪念的修行人，不可能對我怎麼樣的。很多人聽完我的身世，都只是想占我的便宜而已，但他不會。

不好意思，雖然你們認爲，我現在說的，並不是最重要的，也不是秀仁先生您想聽的。但我不希望，有人對良慧法師還有誤解。」

「嗯，那你繼續說吧。」

「好。」瑪蘭說：「因爲我的丈夫信昌，除了有錢之外，並不是一個可以託付終生的人，秀仁先生你也聽說了，他在開山町的名聲很差。」

「對。」

「但是町內的人也拿他沒有辦法，只能看著我一個人受苦。直到，良慧法師想了一個辦法。一個把我的丈夫劉信昌殺掉，而不會被警察追究的辦法。」瑪蘭說，這個辦法是大家都贊成，分工執行的。聽了就毛骨悚然。

「怎麼可能？死了一個人，要如何不追究？那個賣菜的，不就報警了嗎？」

「秀仁先生，我問你一個問題。」

「嗯，請說。」

「你到我們這町來，是不是才碰上第一組客人，就聽說了我的事情呢？」

「是啊，又怎麼樣呢？」

「其實，阿文嫂、阿春、阿晚，都是刻意跑去講那些話給你聽的。」瑪蘭帶著歉疚的羞紅臉頰，低著頭不敢面對我：「還有報了兩次案的菜販、指路給你的魚販、讓警察做口供的鄰居醫生娘，全都是先前就套好的了。」

「所以瑪蘭才敢騙我們，說她早上還有看到她的丈夫。全町的人也會配合這個說法的。」清藏律師說，他在確定了瑪蘭明知丈夫失蹤，卻不明講的時候，便認清了整起事件的眞相：「接著就換我來分析，我所看到的事實吧。總之，瑪蘭不是一個人忍受信昌的暴行，村町的人也看他不順眼很久了，所以，他們決定聯手把劉信昌這個人給解決掉。而他們，瑪蘭，如果我沒有推斷錯的話，劉信昌是被你們開山町的人，分著吃掉的，對吧？」

瑪蘭沒有回話，頭卻低得更下去了。

「包括阿春阿晚這些人，他們都有吃。這是讓一個人消失最好的方法，徹底地吃掉他。反正，劉信昌的行徑在你們這町上，早就積了不少怨恨。」清藏說，當他猜測出這種慘無人道的殺人手法時，也和我現在的表情一樣有點錯愕，不願相信，手裡搓著脖子上掛珠，久久不能相信自己腦中推理出來的結論。

「恨不得能吃掉他的想法，不知道是誰提出來的，但獲得所有人一致的同意；而我會發現，是因爲劉信昌明明失蹤了兩週，豬肉攤也有兩週都沒有擺出來了，妳卻還有那麼多的荷葉要刷洗，而且新舊葉子都有，我就能猜得到，妳最近用這些荷葉包過肥膩的東西，例如肉類，而且體積都不小。對吧？」

瑪蘭只是輕輕地點點頭，算是認了罪。

「所有的町人也都用了你們家的荷葉，包著劉信昌的屍塊回去分食；而良慧法師說，大家一起面對，一來解決了菜市場的惡霸，二來拯救瑪蘭妳。這樣的說法獲得大家的響應，撿了一個劉信昌喝醉的夜晚，胡亂幾刀分屍之後，趕忙著這幾天才把他吃完。」

「但是，你如何這麼肯定，是我們這些町人們吃的呢？」良慧法師本來以爲自己萬無一失，還想推翻清藏律師的論斷，以爲他是胡猜的；沒想到反而又被訓了一頓。

「很簡單，一個長期壟斷豬肉生意的肉販消失了兩週，你們的菜市場卻遲遲沒有人在賣豬肉，原因不是沒人敢賣，而是你們的肉，根本都還吃不完！」清藏律師說到激動處，指著良慧法師罵道：「你就是主謀，還想要探我的底限嗎？我已經說了會幫你們，你就不必再質疑我的能力了。你算是主導殺害劉信昌的人，所以必須把整件事情善後，你早在一個月前就邀我來仙公廟，趁著呂仙祖的誕辰，啓建法會。然後，趁我在的時候，想把那副劉信昌的陽具以及它背後的謎團拋給我。」

清藏律師說得很明白，良慧法師是故意誘導所有人來仙公廟的：「這就是我們現在出現在這裡的原因。連最後這一步，都在你的盤算中。我曾經保住仙公廟的香火；而這次，除了香火，同時也是爲了瑪蘭這位可憐的女子，你一定是認爲，多謀如我，也必須犧牲劉信昌的死亡眞相，以換取仙公廟和瑪蘭的安全。

其實，那個紅布巾從法會一開始就在桌案上，只是疊在水果塔的前方，我的視線是絕對看不到的。本來在法會進行當中，紅布巾就該被揭開，而與會的會眾，其實都知道劉信昌已經死了，你就打算用這群眾的力量，逼我就範，逐步走上替你出面矇騙警察，並替仙公廟說情的佈局。

但因為警察局臨時派了城之內他們來監視法會，為免招致太多不必要的注意，只好等到法會結束後，你和弟子刻意破壞了桌案的陳設原貌，只留下紅布巾和陽具在桌案上，然後跑來找我回去。」

「原來是這樣子，良慧法師，我真是低估你了。」我聽完清藏的斷案，這才對良慧法師改觀。呂仙祖選上的這個年輕人，實際上冷靜得像是長年打滾在江湖的人，演得一手好戲，絕不是省油的燈。

我問道：「我在菜市場聽到的，還有他們面對警察的說詞都是假的？」

「對，只是要塑造出，所有的疑點都在仙公廟，讓警察把焦點都放在仙公廟。當仙公廟碰上如此巨大的存亡危機，秀仁你說，曾經救過仙公廟一次的我，如何袖手旁觀呢？」

「那，那這兩週，菜市場沒有人在賣豬肉，難道警察都沒察覺嗎？」我看著筆記，面對這些突如其來一一被破解的眞相，逐條逐條把自己錯誤的檢證刪去之後，才發現很多信息似乎早就透露在筆記裡，只是我無法連貫成有力的推論。

「沒有賣豬肉，豈是很嚴重的事情呢？豬肉這種東西如果不是神明生，一般很少會想買來在家裡吃的。」清藏說：「沒有豬肉，意味著鄉民們沒有牲禮，那民間的迷信運動不就自然停止了嗎？警察才希望菜市場永遠都不要賣豬肉呢。」

良慧和瑪蘭都沒有說話，像被罵的孩子一樣低著頭。

他們已經甘服清藏律師的所有論證了。

清藏律師說：「那麼，我就去跟警察還有任何想查這樁案子的人們說，劉信昌是在聽完我的法會之後，大徹大悟，切下罪根，隱居修佛去了。」良慧法師要清藏律師來談戒法，而所有的戒法，始於懺悔，懺悔當中，又以公告天下的發露懺悔最有實質的效力：「這畢竟是說得過去的，如果眞的說不通，我也會請田邊幫忙打點。」

清藏律師叫我把那副陽具給他。我打開了暗櫃的鎖，那副陽具依然完好地躺在木櫃子裡頭，但已經開始散發出一絲絲難聞的氣味了。

「嗯，拿去吧。只是，你眞要怎樣說？」

「這個說法是最完美的了。」

「這是什麼道理？一個人就這樣蒸發？城之內也有到法會現場，不是嗎？」我儼然是城之內那些負責查案的警察角色，針對清藏律師的說詞提出疑問。

「靠殺豬爲業的劉信昌，自感罪孽深重，想出偏激的方法，一怒之下揮刀自宮，放著家中妻子不告而別，從此躲進深山了。這還不夠有力嗎？」

「這樣眞的說得通嗎？」

「那好，最後再加上全町的人有目共睹，都說親眼看見他來參加過法會，又親眼見他告別町人們。如果你是城之內，你要如何反駁我們呢？所有參加法會的人都說有看到劉信昌，你說沒有看到，你反而會被上級認爲是不夠用心吧！」

所有旁觀的人都指著劉信昌，明明白白地說他悟道了。

那還有誰可以反駁得了呢？

隔天早上，我就和清藏到城之內任職的局裡，把證物交給他，並且和他說明了事件的原委。

「你可以到開山町調查看看，他們都是很純樸的人。仙公廟畢竟也是我擔保過的正派道場，你們可以放心地查。」清藏律師如是說，城之內看著那副陽具，大概也覺得有點噁心吧，從抽屜裡拿出橡膠手套戴上，那陽具放進一個牛皮信封裡，沉甸甸地壓出了一個詭異的長條形狀。

那副陽具，將會交給法醫單位保存，將來如果案情發生變數，就會以此證物重新展開調查的工作。

「謝謝律師的協助，關於劉信昌的失蹤一案，我們還是會希望能找到他本人。不過，我們也知道律師您的意思，往後應該不會朝著仙公廟和瑪蘭的方向偵辦了。」城之內雖然說還要繼續找劉信昌，但是他儼然是看在清藏律師的面子上，願意轉移辦案的焦點了。他握起了律師和我的手，不斷鞠著躬說：「律師、秀仁，你們回去路上小心，很謝謝你們這次的幫忙。」

「不會，這也是我平常無聊的興趣罷了。」

最後一次走在開山町的路上，我們多繞了一段路，來到瑪蘭住的那條街。望著瑪蘭的家，她已經不刷洗荷葉了，而是在亭仔腳，給人搓麻繩做家事活。她輕撫著及肩的黑髮，悠悠地唱起了歌來，她的歌聲越過馬路，傳到我們耳裡，而彷彿有感地，她也瞧見我們，點了點頭，表示謝意之後，又繼續放聲唱歌。

我和高砂族的人做過生意，我能聽懂她唱的歌，而我也會唱，便隔著一條馬路，輕聲與她相和：

「Ano caay kamo pisolol to tireng ako inaOmaan say ko pinang ko nika patay makinotolo toloan no kasoling。」

那是一首哀傷的情歌，我記得。

瑪蘭唱著有點憂傷的情歌，在她獲得新生後的日子裡。

「如果，這次只有瑪蘭來求你，沒有什麼寺院的委託，律師你會怎麼做？」

「你問錯了。瑪蘭的遭遇如此令人同情，你認爲我會怎麼做？」清藏律師搖搖頭，說：「雖然那畢竟也是一條命，我應該舉報出來。但你認爲，警察會怎麼對待協助殺人的瑪蘭呢？唉，不能什麼都依照著，所謂的正義，那把法律的尺，來丈量這些事情。希望開山町的人，包括良慧和瑪蘭，希望他們都能懂。」

關於一念的生殺，就連清藏律師這樣充滿學問的僧人碰上了，也不再是那麼純粹且自在的問題吧。

形式上，我們不能免於沿襲。但內容與背景設定，我們絕對有能力創新。

【入圍感言】

推理小說寫城市生活，應該是最常見的。但是寫一個八十年前的臺灣城市，我想應該是僅見的。

寫推理小說的前置過程很漫長，因為總是在找那些沒人用過的素材；我本來以為「臺灣十大奇案」應該被改寫過了，幸好沒有，所以我才能在這裡藉著幾個街談巷聞的隻字片語，敷衍出這十篇連作。

那麼我就贏了一半，靠著先聲奪人，把這十個臺灣在地傳奇故事納為推理背景；後面的小說家，抱歉。

【作者簡介】

唐墨，本名林恕全，法名宗福，道號雲幻少。

骨子裡是很傳統的文人，所以學了崑曲，會寫古典詩詞，彈三弦。

腦子裡卻住了一個憤青，寫推理小說，參加社運；學調酒但不抽菸，因為還在民間團體教唱歌。

平安夜的賓館總是客滿

一

D17是座漂浮在太空中的宇宙殖民都市。最近一週內鬧得D17滿城風雨的，就是巨大突發型次元黑洞正逐漸朝都市靠近這件事。

巨大突發型次元黑洞正如其名，除了其巨大尺寸外更危險的一點是，以目前的科技在次元黑洞靠近前十分難以偵測，等到發現時通常已經無法改變航道躲避其鋒了。被次元黑洞引力捕捉的物質會被碾碎成原子大小並拋進無以名狀的虛空黑暗，任何人造航行器、小行星或閃電氦氣水母碰上了都只有死路一條。

換句話說，對這座都市裡的居民而言世界末日降臨了。沒有一個人逃得掉。

二

我爲了等人坐在運河堤防旁的長椅上，在這空檔順便翻閱從市政府櫃檯領取的說明文宣。跟文宣一起發送的還有一組三格相連的小藥盒。小隔間裡分別裝著三顆紅色藥丸、三顆藍色藥丸，以及一顆白色藥丸。

「閱讀本文前，若心情不愉快或自覺易受刺激，先服用一顆紅色藥丸。」文宣開頭這麼指示。我倒出一顆紅色藥丸乾乾地吞下。

文宣第一段以淺顯的口氣對還搞不懂狀況的人簡略說明了目前宇宙都市面臨的窘境：次元黑洞一步步逼近，引力開始扯壞外圍的防護層並把周圍所有的物質跟訊號通通吸進去，這意味著沒有一艘船能離開D17，不論配備了多好的曲速引擎都一樣，發送訊號也受黑洞影響難以傳遞。外界的人很快會發現我們失聯但卻愛莫能助。對陷入次元黑洞引力範圍的受難者不可以派出救援是宇宙航行的慣例。

因為我在大學的主修科目就是次元黑洞力學，前面的部分就快速跳過了。再看下面的段落寫的是對應的補救措施——克隆險的說明。

所謂克隆險是面對次元黑洞這類宇宙中超出人類能應付的星際災難所設立的一種保險。簡單來說只要保了險，客戶死後身體可以一點不差地被重新製造出來，至於記憶、性格等等只要把腦部量子結構掃瞄儲存，也能達到完全的複製再生。在D17這和平繁榮的宇宙都市裡只要持有市民權並定時繳稅，克隆險的維持不成問題。當然還有記得參加每半年一次的健康檢查，更新自己的身體和腦部儲存資料，不參加的後果自負。

這也是現在都市還沒化為地獄火海的原因。最初的驚訝過後，眾人都很理性地接受了事實。我們會一起在遙遠保險公司總部行星的培養皿裡重獲新生，帶著幾個月前的記憶活下去，次元黑洞只是報紙上不到半版的地方新聞，不說出來的話誰也不知道你曾經死過一次。我們全都會死，然後全都會活。於是此刻成了被遺棄的時間：被神明和人類、道德和規範、在次元黑洞裡面或外面的人一起放棄掉的時間。

問題在於，如何過完剩下來的時間。

「關於連同本文宣發送的藥物用法，以及對全體市民最後數日的身心活動指南」，最後一段的標題。

按照說明，紅色的藥丸「紅魔歡」，是一種強力的鎮定劑，服用後會產生安定而滿足的喜悅感，上癮性極高，平常是違禁藥。藍色藥丸「魚血藍」是對應領取者性別的性慾促進、不應期縮短藥劑。白色藥丸的說明則很籠統，只模糊提到建議在都市的氧氣過濾系統完全關閉前服用云云。僅有一顆而格外珍貴的白色小東西。藥品皆由宇宙最大的藥劑公司「濟公製藥」承包製造，敬請安心服用。

暴動、打劫、戒嚴和群體恐慌，之類的反應都失去意義，時間像是停滯了般。眾人在不可避免的滅亡與毫無價值的重生之間，像是海邊戲水的兒童被艷陽曬暈了似的，一下子安靜起來。都市人默默抬頭看向頂上深邃的宇宙，等待破滅的時刻降臨。

我又倒出一顆紅色藥丸吞下。這令我想起很久以前看過的一部老科幻電影，一個光頭非裔演員戴著墨鏡坐在破舊的沙發，朝鏡頭攤開雙手。裡面也有關於紅色藥丸和藍色藥丸放在掌心上的選擇。

三

「來了來了！遲到了抱歉。」一名女性大力揮著手朝我跑來，她是我在學校認識的朋友，長相並不漂亮卻是十分容易說上話的那種人。我們平時很聊得開，算是交情很好的同學，不過真要說的話也就只到那種程度而已。

「哈囉，」她喊著我的名字：「最近怎麼樣？還好吧？」

「除了要被黑洞吸進去死無葬身之地這件事外，應該都還不錯吧。」

因為彼此都還單身，沒有和異性交往過的經驗，經過我們理性的討論後決定要一起把藍色藥丸用掉——意味著我將和她發生性行為。按時下流行的隱語這叫去做「量子碰撞」，聽起來活像是要用強子對撞機做什麼危險實驗似的。

極高速極微小的猛烈碰撞迸發，撞擊與撞擊之間有著宇宙一切最高深的奧秘。眞是貼切。

「走吧，首先往街上找找看有沒有空的賓館房間。現在這種時候賓館大部分都客滿了吧。」見到彼此讓我們都有種鬆口氣的感覺，一起朝市街的方向走去。

今天的天氣很不錯，輻射跟人造光雖然微弱但照起來很舒服，就是空氣聞起來混濁了點。按照舊西曆算來今天是十二月二十四日，聽說明天的二十五日直到二十一世紀中期以前還是個很有名的宗教節日，在全地球被廣爲慶祝，甚至足以作爲當時全球精神文化的一種表徵。何以如今卻遭到廢棄，對歷史沒絲毫研究的我並不清楚箇中原因。

「你的事情都辦成了嗎？你也有保克隆險的對吧？」她先開口。

「有去確定過了，保險的手續沒問題，基因和記憶體都好好存著呢。之後的複製程序應該都能順利進行，那〇〇〇你那邊呢？」

「很好啊，應該說好到不行。」她像是要去遠足的孩童那樣愉快地說：「在聽到消息剛開始會很震驚沒錯，我也曾躲在家裡沮喪一陣子。不過我馬上醒悟了：與其要滅亡，不如就轟轟烈烈做完想做的事後再死——啊，當然不是指違法的方面啦。去把心裡討厭卻不得不擺笑臉的仇人臭罵一頓，和本來感情好卻鬧翻的朋友道歉和解，最後找了所有認識的親朋好友開了末日前最後一次的派對，把所有找得到的食物吃個精光——所以現在存糧一點都不剩了。沒錯喔我這幾天過得很好。」

可惡，難道除了我以外的人都是這麼充實地度過人生最後的時刻嗎？回想自己這週的作爲，實在太慚愧了。

「那你這幾天是怎麼過的呢？」

「就只一個人待在家裡……不提也罷。你看，因爲我是那種沒朋友的人嘛，不會有人想跟我這種傢伙一起度過末日的，未免太自虐了吧。」

「不一定喔，我就會啊。」她甜甜笑著說：「世界末日的時候如果跟你一起度過，我會很開心。」

不想跟你生在一起。不想跟你活在一起。但是想跟你死在一起。感覺到自己臉紅了起來。眞是個好人。原本平庸的臉蛋現在看著漸漸覺得有些漂亮了。

我們走在沿河岸邊的郊區建築旁，路邊的矮牆、鐵門或商店櫥窗上接連看到好幾個一模一樣但不明所以的塗鴉。那是一隻人手比出從未見過的奇怪手勢、下方還有句「Don't panic」的標語。

「『Don't panic』還有下面那個手勢標誌到底是什麼意思？總覺得像是什麼秘密組織的祕密暗號一樣，令人不舒服呀。」爲了掩飾害羞想找點話題。

「不要驚慌。」

「不是，我沒有驚慌，只是想知道『Don't panic』和那個奇怪圖案的意思而已。」

「那個手勢是Hitchhiking的意思，跟『Don't panic』搭配一起，意指古代一本書名叫《銀河便車指南》的小說。不過那本書被禁很久了，現在看過書內容或使用那個符號的人，不是嬉皮就是無政府主義者吧。」

「Hitchhiking，那是什麼意思？」完全沒聽過的怪異單字。

「唔，我舉個例子說明好了。正好現在也不想走路，我們找輛代步工具去市區吧。」她穿著一雙色彩繽紛的高跟鞋，看起來的確不適合走路。

「公共運輸系統已經停止營運了，現在還有車能搭嗎？」

她比出牆上塗鴉的手勢，把食指到小指的四根手指彎曲抵著掌心，然後將姆指用力豎起：「這手勢派上用場的時候到了。」她搜尋路旁停著的車輛，發現不遠處停著一輛電浮車，敞開的駕駛艙裡坐着一個男人。她帶著那個手勢大方磊落的靠近，彷彿手裡握著一把上膛的手槍。

「先生麻煩您，我們想要Hitchhiking。」

他從打開的車門內看向我們，神色一派輕鬆：「你們想要搭便車？本來是可以，我也正好要往市中心去，不過可惜我不能載你們。這不是你們的錯，我天生是個怕生慢熟的人呀，如果我載著你們一起開往市中心，就必須忍受頗長一段時間的尷尬感覺。和陌生人同坐一車無話可談，可是世上最痛苦的十種交通方式其中之一啊。我不是那種會說什麼認識新朋友令人愉快的話的人，嚴格說來我是痛恨陌生人的。因此，在這只應該追求自己所想要事物的時間裡，很遺憾我是不能讓你們搭便車的。」

男人的打扮中性而妖豔，塗得粉白的臉，擦上濃厚的粉色唇膏，一不小心會誤認成女人。我有點羞恥地低下目光不敢直視他。

沒等我們接話男子又徑自說下去：「但是這樣拒絕也不好意思。說起來開車這麼久的人生，被要求搭便車也是第一次經歷。現在如此短暫的殘餘時間，正應該追尋人生各種不同的新奇經歷才對。那就這樣吧，你們直接開這車去好了，這樣就不相衝突了。你們會開車吧？」他將車鑰匙拋來，女同學一把穩穩抓住。

「開車我們沒問題，非常謝謝您。」

男子揮揮手表示不用在意，信步走遠。

「Hitchhiking就是這樣嗎，用這個手勢對有車的人比的話他就會把車送你。」

「不太一樣……本來應該是駕駛會讓我們上車搭到目的地才是。無論如何，總之車是有了。」女同學甩著鑰匙串。

「是這樣啊。說起來，那個祕密符號跟標語的事你是怎麼知道的呢？」

「我主修的科目是二十一世紀前期史，《銀河便車指南》在那時是大紅大紫地有名呢。因爲是禁書，我爲了寫報告才能讀到的。Hitchhiking則是當時的一種民間習俗，只要在路邊做出這個手勢，就會有路過的人願意免費載你一程。」聽起來眞不錯，看來二十一世紀前期是個相信人心光明與互助合作的純樸時代呢。

……還沒走遠的男子折了回來。

「對了，你們會需要額外的藥嗎？」

「藥？」

「配給的紅魔觀和魚血藍藥丸，只有三顆不夠用吧？你們知道有人在賣這兩種藥丸嗎？」

「但那應該是很危險的禁藥吧，私下販售難道不違法嗎？」守規矩的女同學對這方面很在意。

「所以才要口耳相傳地偷偷來啊。總之，如果需要更多藥的話，就到市中心那家門口有希臘式門杜雕飾的飯店找找，應該能遇到賣藥人的。」男子用像是「附近商場有試吃特賣會喔」說這種話的語氣告訴我們。

「謝謝告訴我們這個資訊，會考慮看看的。不過有一點我很好奇。」

「怎麼？」

「說是賣藥的話，買藥的人要用什麼作代價呢？總不會是一點意義都沒有的錢吧。」

「是啊，誰知道呢？」男子曖昧地笑著：「像是對付偷摘了女巫的萵苣或野獸的玫瑰的愚蠢父親，要用頭一個或末一個的女兒來換也說不定，但也可能只要像這位美女大學生的一個親吻就夠了。不過萵苣也好玫瑰也好，可憐的女兒們應該都沒有答應要被拿來交換任何東西吧。」

在胡說什麼啊，這個男人！我以不快的眼神狠狠盯著他，他像是沒注意到似的。男子走到另外一輛車旁，開門坐上車發動，對像是一棵萵苣和一株玫瑰站在原地的我與女同學，以「我可沒說那是我的車啊」那樣的意味聳了聳肩。

四

由女同學開著車，不會開車的我坐在副駕駛座，電浮車載著我們朝市中心的旅館街出發，大概是女同學不熟悉駕駛的緣故，花了較長的時間，不過我當然是毫無資格抱怨的。我愉快地看著她倔強地皺眉，有點忙亂的打轉方向盤。感覺她愈來愈可愛了。

每家旅館的電子招牌都標出客滿的字樣。和她擔心的一樣，末日將臨，所有人都忙著量子碰撞。我們繞著街道搜索哪家旅館還有空房。

在巷子角落或人行道的磚牆上時不時會看到Don't panic的塗鴉。到處散佈神秘標語的人到底是怎麼想的呢？到底是不要對什麼感到慌張呢？對死亡與末日感到驚慌，是因爲還有一線希望在而被逼得像飛蛾撲火往光明的地方衝去，只要正確理解毀滅的必然性，這一切到底有什麼好驚慌呢？Don't panic。

我看著塗鴉，想像那拇指朝上的手勢和古代人用它來Hitchhiking、搭上與世界一同生存下去的便車時的心情，一定是充滿希望的吧。

一家有著希臘式門柱雕飾、氣派非凡的飯店映入眼簾。

「等等，你看，坐在那邊的人是不是我們學校的A？」我順著她指的方向看過去，那人坐在飯店門口的階梯上。上面的招牌同樣寫著床位已滿。

「咦，是○○和×××嗎？」A朝我們揮揮手，對我們兩個攜手在路上找賓館的景象似乎不太訝異。

A和我以及女同學屬於完全不同的人。她是個美女且人緣很好，身邊總是簇擁著女性朋友以及男性追求者，每天的生活在離開學校後就是參加各式各樣的交際派對，化妝衣著入時經濟也不虞匱乏。

以時下流行的說法她這種人叫做「中子女」，總是在引發各式各樣連鎖性的量子碰撞，胸無點墨卻毫不在意。和女同學的樸實無華或我這種獨行俠不同，A的人生是五光十色地刺眼。我對這種人一向是敬謝不敏。

女同學隨意在路中央停下車。我不是很想跟A說上話，但爲了禮貌也只好跟著一起下車。

「哎呀，原來你兩個在一起啊。平常的話我會大吃一驚，不過在這種時刻倒一點也不奇怪吧。兩位在找旅館房間嗎？」

「是啊！不過一路看過來連一間空房都沒有呢，這裡不是城中旅館最多的地方嗎？」女同學皺著眉但看起來並不是非常困擾：「那A同學你又在做什麼呢？等男朋友？」

「他說想要嘗試各種不同的可能性，興高采烈地去約別的女人了，時間所剩不多了嘛。」總覺得沒有同情的必要。

「唉……這樣啊。」

「先別說這個了，我正爲一個問題苦惱很久，你們有空的話能不能幫我想想看呢？你知道，我腦袋不太好使啊。」她值得稱讚的一點是能直白承認自己的不聰明，這比其他裝聰明的傢伙好多了。

女同學在中子女A旁邊跟著坐下來。這讓一直不發一語的我顯得很多餘，站也不是坐也不是。總之不可以跟著女生坐下吧，我擺了個自以爲很酷的雙手插口袋姿勢站一旁，下定決心不開口。

「那個呢，我其實在這裡練習偷錢包的技術。」中子女A帶著點淘氣地說，彷彿在說她要去上芭蕾舞課那樣的語氣：「只要跟人稍微接觸到就能把皮包裡的錢偷走的伎倆，是一個酒吧認識的男生教我的。」

「具體來說是怎樣的偷法呢？」

中子女A站起來朝我走近，在我還沒來得及反應前用她柔軟的身軀輕撞了我一下，大概像是走在路上和人正面相遇時，彼此想別開但幅度不夠導致身體邊緣輕輕擦過一下那種程度。可惡，身材真好。

「像這樣子的感覺。」她指間夾著一張鈔票搖晃。我打開錢包檢查，果然少了同金額的一張。真是太神奇了，到底怎麼辦到的？

「是秘密喔。不過重點在於手要不引人注意。」她看見我納悶的表情，意味深長地笑說，將鈔票歸還。

「我今天就這樣沿著街上走過來邊練習手感和準確性，然後走到旅館街這附近。看到這裡旅館客人出入最多，就定下來在這家門口前，只要有人進來我就假裝要出去，用這個技法偷他們皮包裡的錢。」

「我總共偷了五個人：嘴唇是藍色的、感覺像上班族的男人；畫了彩虹妝、頭髮指甲到虹膜都是彩虹色的女人；戴著眼鏡長得一臉稚氣的可愛男學生，還有消防員。」

「消防員？」

「嗯，穿著防火裝戴面罩，手上提一把消防斧。」到底這麼全副武裝的人上賓館做什麼？有人角色扮演性愛喜好這口味的嗎？我不敢想像那畫面了。

「最後一個是機器人。個頭有兩公尺高，鐵做的大頭還有細長的黑色橫幅眼睛，明明是機器人卻穿著棕色防風大衣。不過因爲它皮夾裡沒有錢，所以偷了提款卡代替。」連機器人你也偷啊？應該說，自機器人被創造出來，人類就在偷它們所有的東西。

「我把偷來的東西都放進自己皮夾裡，剛剛檢查的時候，發現我的皮夾裡有那四人份的錢跟一張卡，心裡總覺得怪怪的。」這不很合理嗎？

「四個人的錢跟一張卡，但原本的錢不見了。」女同學一針見血地指出。

中子女A點頭大聲贊同：「對！我原本帶在身上的錢哪去了？而且在皮包裡還發現了這個。」她拿給我們看的是一張便條，印著那家有希臘式門柱的飯店名稱浮水印，有個倉促的筆跡寫上某某樓四十二號房間。

「我確定除了那四人以外沒有人跟我接近到能偷我的距離。啊，機器人也該算吧，不過機器人會偷東西嗎？」她疑惑地說。

「也就是說有人在你偷他錢包的同時反偷了你的錢，把這張字條放進皮包裡。」女同學點著頭思考：「還想約妳去房間。」

「是想做量子碰撞吧。一定是這樣吧。」中子女平靜地說。

藍昬上班族、彩虹女人、眼鏡少年、消防員、機器人。

「我苦惱的就是這問題。我打算上去四十二號房見那個人，因爲在末日前遇到會同一技術做同一件事的人，也是種緣分吧。要量子碰撞那就做吧，因爲我是那種膚淺的人嘛，我可不是童貞受孕的聖母瑪利亞啊，要做就做吧。不過我想了很久還是想不通，當我走上這家賓館打開四十二號房門的時候，到底會遇到誰呢？」

藍昬上班族、彩虹女人、眼鏡少年、消防員、機器人。

五

說起濟公製藥公司在宇宙中可說是無人不知無人不曉、鼎鼎有名的企業。除了因爲使用違反商業道德的手段打擊對手、壟斷全銀河市場而惡名昭彰外，濟公製藥因爲產品高得嚇人的出錯率三天兩頭就上報，也是它出名的原因。據說有人統計，把世上所有印出來的新聞報紙全部列入計算的話，濟公製藥產品出錯的新聞從公司開業以來每小時都可以上七次頭版。

更誇張的消息還說，濟公製藥品管部門的部長因爲經費被大量裁減而苦思新開財源的方法，最後還眞給他找到了。他寄信威脅所有他找得到地址的新聞業者，如果不分一成這些業者報導製藥災害新聞獲得的利潤給該部門，他就要開始「鞭策他的下屬認眞工作了」。那年度的品管部成爲公司內獲利最高的部門，部長受到了高層表揚。差不多是這樣有趣的逸聞。

車窗外看去城市的天際線，濟公製藥租下最高摩天樓上最大的看板，以全市人都看得清楚的字體大小寫著廣告詞：「紅魔歡、魚血藍，本公司研發過最安全的產品——請再給我們一次機會，這次不會出錯了。」

我摸摸放在口袋裡的小藥盒，或許這次眞的可以信任他們也說不定。

六

我與女同學坐回車上後因爲還是沒找到空房間，只好繼續繞著旅館街打轉，期待重新搜尋一次會不會有新發現。馬路的平滑精度是每平方公分一百個原子缺陷，車底盤離地穩定浮著五公分距離，行程平順得讓兩人沉默了下來。

「聽起來很有趣耶，你修的那個二十一世紀前期史。」有點沒話找話。

「眞的很有趣喔，二十一世紀前期在歷史學上是個很有趣的時代，既是危機又充滿轉機的時代。現在社會上很多對那時代的評論其實是充滿偏見的。你一定也聽過有人說二十一世紀前期是愚笨又黑暗的時代，那時代的人又蠢又野蠻又自以爲是、自私自利這些話吧？其實二十一世紀前期是眞的很多彩多姿的，它奠定了現今人類世界的基礎，公正評價來說那是個『無數事物結束與更多事物誕生』的年代，創造與毀滅共存的白金一般的時代。我們現在的想法其實就和二十一世紀前期那時代的人認為從前的時代比他們不文明、不自由一樣。人類是會時代性自我厭惡的。」

聽著她滔滔講起對主修科目的淵博學識和對二十一世紀前期的熱愛，讓我對她的好感、尊敬和性慾同步上升。我喜歡認真對待自己專業的人，但也覺得若能對自己偏愛的事物持正確評價的話會更好。雖然歷史很差，但我畢竟還是知道二十一世紀前期的人們捅出的種種簍子，例如第二次經濟大恐慌、第三次世界大戰和爆米花大屠殺等等。他們搞得連那個我忘記名字的、持續數千年悠久傳統的宗教節日都不再被慶祝了啊。

附帶一提爆米花大屠殺實在是我聽過最有趣的歷史名詞之首。被用於形容二十世紀末連貫到二十一世紀中期全球的人口數量曲線，有如玉米下鍋爆成爆米花再放進嘴裡咬成碎屑這一整個過程的體積變化。

「請問，我印象中以前有個宗教節日，日期就在明天是嗎？名字我記不得了，好像是『慎』開頭的……」

「聖誕節？」

「對對，然後它的前一晚叫做『蘋』……」

「平安夜？」

「對對，就是那個。」這下終於知道名字了：「那好像是在二十一世紀中期以前一個有名的節日嗎？不過現在卻被廢除了。你有沒有研究過與這部分相關的資料呢？」

「哼哼，你還眞是問對人了，關於聖誕節的由來和舊基督教歷史，在校內修習二十一世紀史的人中恐怕沒有人比我更了解的了。」她露出自信的表情。

「聖誕節和平安夜的由來與基督教歷史有關嗎？」

「大有關係。故事是這樣的：在舊西元前四年地中海東岸的伯利恆，名爲約瑟的男人帶著懷了身孕的新婚妻子瑪利亞走在孤寂的街上，遍尋城中所有旅店卻找不到能休息的地方，腹中胎兒臨盆的時間卻愈來愈近……」

車子朝賓館密集的街區開去。這聽起來會是個很長的故事。

七

關於中子女A提出的問題。

我把那五人——包含機器人在內——的樣貌描述都回想了一次，在腦中刻劃出他們的形象，妄圖以心理的角度猜出誰才是偷竊者。

我的想法——偷竊者本身精通那種輕微碰撞就能偷取錢包裡鈔票的技術，來到旅館街的目的很有可能跟中子女A一樣，在她站在賓館門口對進去的人下手時被偷竊者看見，覺得碰見做同樣事的人很特別，然後靠近她、故意在被偷時反偷她的錢、塞入便條。

因爲是在看見中子女A行竊後才決定這麼做，所以不會是第一個藍唇的上班族。結果我的思考到此停滯，之後再怎麼推敲彩虹系女子或眼鏡可愛少年誰才精通偷術、或是消防員與機器人在末日前上賓館的動機與邏輯，怎麼想都只是瞎猜而已。

說起來我也不懂中子女A這麼做的邏輯。反正那也不重要，也與我無關。「因爲感覺很有趣嘛」問的話她會這麼回答吧。在行將就木的世界裡，瘋狂會打著有趣的旗幟肆虐，像是電子花車遊行那樣。

我聽著女同學講述關於某個生在馬槽的男人的故事。數千年前的晚上，馬槽裡有雙小小的手小小的哭聲。

「那邊看起來出了點騷動的樣子。」

她停下了正講得興起的舊基督教歷史學，差不多講到歐亞教會大分裂、教宗暗殺和東平聖彼得大教堂的部分。慢下車速並指著路邊。那正是不久前我們遇見中子女A的旅館，希臘式門柱裝飾有莊嚴的氣魄，我們繞了旅館街一整圈後又回到原處。門口現在聚集了一小群人，朝裡面窺看。

「要去看看嗎？」

「一定是A出了事，我有預感。我的預感一向很準。」女同學果決地說。她一樣大方地把車停在路中央，我們迅速下車。一個高大人影站在人群中央的空地上，輪流地對每個人問話，人群中透露出不祥的氣氛。

從亮在手上的警徽可以知道巨大人形是D17的自動式巡警，鐵製大頭還有細長的黑色橫幅眼睛，明明是機器人卻穿著棕色防風大衣。

被暱稱為機器戰警的自動式巡警在D17市內很常見，暱稱的由來是源自一部著名的老科幻影集。跟影集不同的是這些機器戰警並不是生體改造，而是純粹由機械構成。平時跟隨人類的警員執行勤務，從捕殺不法份子到指揮交通，市政有很大部分要靠自動式巡警來維持，廣受市民們的好評與信賴。

「向您問安，市民。我是市警局自動式巡警ICMOF，即使世界末日也繼續執行勤務。這個地方被指定為犯罪現場，一般市民禁止進入，恐怕我——」機器戰警轉過它閃耀發亮、渾圓精鋼的鐵製面部，對撥開人群靠近的我們說。

「是不是有一個——」她鉅細靡遺地把中子女A從外觀樣貌、膚色衣著、到她穿哪款鞋噴什麼味的香水連珠砲似地描述一遍：「——這樣的女性，在這間賓館四十二號房裡發生什麼事了？如果是的話，我們能提供相關線索。」

她用來描述的字句實在是驚人地生動貼切，自動式巡警ICMOF的主機發出像是錄音帶倒轉時的運作聲，嘰嘰——嘎，大概正在把一個重要指令顚倒反轉吧。

「——我很歡迎你們來提供情報。」它橫條眼部鏡頭閃起一粒紅色光點：「正如你所說，有一位女市民在樓上遇害了，兩位市民認識被害市民嗎？」

「我們三人是學校同學。大概一小時前我們在這裡遇見她還聊了一下。我想她最後告訴我們的幾句話可能藏有指出兇手身分的線索。」女同學平板的大眾臉認眞起來有一種難以抗拒的威嚴。

「請上樓，這裡不方便說話，我們邊走邊講吧。」自動式巡警伸出鐵手臂指向樓梯。電梯停止運作了，電力供應大概已經不行了吧。回想起電梯的美好時我才第一次發覺末日毀滅的痛苦是如此迫在眉睫。

八

自動式巡警代號ＩＣＭＯＦ領著我們走進四十二號房。一小時前還跟我們講著話的中子女躺在潔白的大床上，神情安寧地閉著眼。旅館的裝潢傢俱相當高級，但因為空調和燈都關著，原本舒適的房間現在有些黑暗，空氣也有點混濁。我們小心走近中子女Ａ身旁，裙襬下伸出的雙腿光滑柔嫩。

「犯人徒手勒死被害市民後就把她這樣放回床上，死者下體有明顯的性交殘留證據，沒有抵抗或被下藥的痕跡，推斷不是強暴而是出於自願。很可惜的，法律規定警方除非有法院發下的搜索令，否則不得隨意採集市民的基因編碼。不然以我主機裡配備的快速鑑識系統，將旅館裡全部的人比對一遍，很快就能找到和現場殘留相同的基因了。」自動式巡警惋惜地說。

「但是如果能有其他證據指出兇手的話，你就可以逮捕他了吧？」

「沒錯，緊急法規也規定自動式巡警在緊急狀態、難以尋求公正上級指示的情況下，可以用最適當而不侵害市民的行動打擊犯罪。若是兩位能以確鑿的證據證詞指出兇手，我就能逮捕他。自動式巡警的戒律中我們只能執行而不能指揮，除現行犯外不可斷定誰是兇手，用推理小說比喻的話，自動式巡警不會是偵探，只能是助手，例如華生、海斯汀、有栖川或石岡。」

「你也懂二十一世紀初期的推理文學？」女同學像被天雷擊中似的。

「在查閱犯罪文獻的時候有興趣，所以也讀了點。」

看到她感動的神情我趕緊岔開話題：「那平常是怎麼辦案的呢？跟人類的警察搭檔嗎？」

「沒錯。只可惜我那位老成持重、辦案精確的搭檔警探已經擅離職守了。基本上來說，警局全部的人類探員在得知次元黑洞的消息後就自動離職了。」

「也是去盡情享受人生，和這間旅館裡的人一樣忙著進行量子碰撞吧。」

「沒錯，他正在警察局長的床上探索新的可能性。不過無論如何，我們自動式巡警會執行勤務直到世界末日。」自動式巡警代號ＩＣＭＯＦ眼部再次閃動紅光：「回歸正題，兩位剛剛提供的證詞的確是關鍵線索。」

在我們爬樓梯期間，女同學一五一十將中子女A和我們的對話告訴自動式巡警，包括偷竊與反偷竊還有錢包裡紙條的事。

「受害市民看見的機器人無意外應該就是我，數小時前執行巡邏時我經過了旅館的門口。由此看來，犯人就在藍唇上班族、彩虹女人、眼鏡少年、消防員那四位市民之中。」它聽完全部情報後機械式地下了結論：「順帶一提，請相信身為自動式巡警的我既沒有行使偷竊的能力，也不可能約市民進房間的。」

「將被害市民約進房後，因為某種理由萌生殺意犯下了罪行，目前看來是最合理的推論。因此找出這名反偷竊者的話，也等於是找到了犯罪市民。但重點在於，四人中到底誰才是反偷竊被害市民的皮包並放進字條的人呢？要從這棟旅館的房客中找出該犯罪市民可不是件易事。」

「你怎麼確定兇手還留在這裡而不是逃之夭夭了？」我問。

「我到達旅館時就已經用廣播告誡所有房客不得離開，也將門口監視器連接到視覺系統，確定從案發時間到我們說話的當下都沒有人可以離開，因此犯罪市民必定還在這裡。話說回來，若之前我能發現被害市民在進行偷竊的話，我必定會阻止她的犯行，結果論上就能阻止這場兇案了……市民，你在做什麼？」

「搜查現場啊，不然怎麼找到犯人呢？」

「話雖沒錯，但這應該是專業鑑識人員的工作。」鐵掌不輕不重地握住女同學的手腕，她拿起中子女A的皮包正想打開。「保護現場不被破壞是我身為自動式巡警的原則。」

女同學抬起頭，澄澈的眼珠望進對方黑色的橫條機器眼深處：「巡警先生，有原則雖然很棒，我也很喜歡遵守原則的人，但現在的情況並不是只要守原則就可以了。這座城市也是遵照著原則走在航線上，但就無緣無故被次元黑洞給吸進去了。你說人類員警都解散了，這種情況下還能期待有專業的鑑識人員來幫我們追查兇嫌嗎？你說自己只能是助手，就算有可能找到另一位更懂鑑識的自動式巡警吧，在明天世界就要毀滅的時限前，依我看最有可能幫助你搜查的就只有明白情況的我們兩人了喔。A同學是我朋友，如果我妨礙了公務的話，請一切結束後再把我抓起來吧。」

女同學的語氣沒有任何威脅，也不是無理取鬧、強詞奪理，眞誠到令人覺得刺眼。自動式巡警代號ＩＣＭＯＦ鬆開手，紅眼不規則地閃動數下，然後熄滅。

「好的，我充分理解了，兩位市民。」我差點以為它會攤手聳起雙肩——機器人是不會感到尷尬的。它不卑不亢地點點頭：「就請兩位協助我一起調查吧。」

「對了，我想這應該是巡警先生的東西吧。我在A同學的皮包裡找到的。」女同學遞出一張提款卡似的物品。

「這是用來和我的人類搭檔，那位老成持重、辦案精確的警探進行連絡所需的記憶卡，應該是之前在樓下時被害市民從我身上偷走的。」它接下卡片，放進胸前的插槽中，胸膛深處發出撥號聲。

「不好意思，請讓我與人類搭檔連絡一下。遇見兩位市民後又出現更多變化，我必須請他下放更多權限給我。很快的，馬上就好。」它筆直轉過身背向我們安靜地站著，主機大概正和警察局長床邊的電話接上線吧。

自動式巡警別開眼後，我轉向女同學：「怎麼辦？你推斷得出來她上來之後遇到誰嗎？關於這點我想了一下……」我將之前在車上的思考說給她聽。

「很不錯，不過怎麼說，還有再修正的空間吧……我心裡隱約有答案了，但還需要一點證據來佐證我的想法。」

她彎下腰檢視屍體，但看來屍體並不是她想看的重點。然後又拿起擺在床旁小桌上的皮包，檢查中子女從四人身上偷到的錢，但實在沒有可疑的地方。女同學隨手拿起一罐不知用在何處的化妝品玻璃瓶，驚呼了一下。

「這是什麼啊？好奇妙喔。」當她每按一下瓶口的按鈕，瓶裡的液體就換了一種顏色，閃閃發光的色澤相當好看。

「噢，我聽過這項產品，用電流改變化妝液裡的離子組態，只要一瓶就能畫出各種顏色的妝。是濟公製藥的子公司開發的新產品，市面上很稀有的樣子。」我說。她接連按著按鈕，紅橙黃綠藍靛紫的顏色輪番出現。

從頭髮到指甲、虹膜都是彩虹色的女人。我們轉頭互看了一眼。

「不過這樣也不代表那女人就是兇手，頂多說明她進來過這間房間、留下了化妝液瓶。也許附近其他人擁有另一瓶。總之這證據太淺了，憑著猜想會被誤導的。」

「沒頭緒的時候猜想也未嘗是件壞事。」女同學皺著眉頭思考：「有注意到嗎？A同學的手指甲。」

此時我才注意到，中子女的十根手指都塗上了一小時前還沒有的藍色指甲油。女同學把變色化妝瓶按到藍色，跟中子女的手指拉近比對，顏色如出一轍。

「之前見到時還沒有。會是她自己塗上的嗎？」

女同學輕托著下巴：「當時的A同學手上既沒塗指甲油也沒戴任何戒指、手錶。記得嗎？她說那技巧的重點是手部要不引人注意。依這樣推斷，塗這麼鮮豔的顏色應該就不能偷竊了吧。還是說，是她放棄偷東西的興趣，進來四十二號房後因爲某種原因而再塗上的？如果出門就不打算塗指甲油還把指甲油罐隨身帶著，這也很奇怪吧……」

「如果是兇手替中……A同學塗上的話呢？」突然靈光一閃，蹦出的新想法讓我興奮起來，覺得接近眞相了：「會不會是A同學掙扎中抓傷了兇手，在指甲裡留下血跡，爲了不讓人發現所以才塗上指甲油掩飾呢？對，沒錯，這很有可能啊。」

「可是你想想，如果說怕留下基因證據的話，兇手卻毫不在意的留下跟A同學量子碰撞的跡象，證據一定也留在A同學的量子隧道裡了吧？這樣光掩飾指甲的血跡豈不是一點意義都沒有？」女同學一席話瞬間澆熄我的熱情。沒錯，這樣的推論還是有漏洞。

我試著構想其他的推理但都失敗了，跟在車上思考中子女A給的謎題一樣，線索材料實在太少，一碰壁就連轉彎的空間都沒有。實在想不通。

回過神時，發現女同學直勾勾盯著我的臉看。我抹抹臉以為沾上了什麼髒東西。

「啊，抱歉這樣盯著你。看著××的臉總覺得有種安心感，靈感說不定就出來了。」她歉笑說。

我也看回去她的臉龐，雖然不美，但今天、此時此地她散發的吸引力，卻遠超我以前感受過的任何一次。

深呼吸，思索著。

四人中到底誰是行竊者呢？就算知道誰我們又要如何找到他呢？找到兇手後又能幹嘛呢？警局法院監獄早就關閉了吧？我們到底什麼時後才能開房間呢？我想著這些雜亂無章的事情。

「○同學，你覺得這算是犯罪嗎？」我問道。

「你指A同學被殺死的事？」

「當然囉。你想，現在宇宙裡所有人都當我們是已經死去了，被吸進次元黑洞裡是不可能出來的啊。真正的我們現在是保險公司裡的一紙基因資料條，等著跑過程序之後被克隆、培養生長，載進幾個月前記錄的人格記憶，依照保密條約我們經過克隆這件事永遠不會洩漏，現在這座城裡發生的任何事，都會被磨成星際塵埃再也不被提起。我們全部會死，然後全部會活。所以，在中間這段時間發生的絕對不會被記憶的殺人罪，到底是不是犯罪呢？」

中間發生的事，即使上帝也會別開眼。

「並不是所有人都能活過來喔。」女同學這麼說，神情有些黯淡。

不是所有人都能活過來？這什麼意思？D17市民只要還享有公民權就一定能保克隆險。當然，如果普通日子發生的凶殺因為倫理因素是不被允許用克隆程序復活的——除了為獲得死者證詞而被允許的暫時復活，天知道警察靠這種方法破了多少案——但遇到次元黑洞這種不可免的天災則不會有這類問題。我、女同學、中子女A、勒殺她的兇手都會復活，甚至自動式巡警代號ICMOF，說不定也會被重新製造開機然後在另一個都市繼續執勤。難道不是這樣嗎？

不是所有人都能活過來。

我正想問她意思時，自動式巡警結束通訊轉過身來：「抱歉耽誤這麼長時間，兩位市民，經過與我那老成持重、辦案精確此時正在警察局長床上的搭檔警探討論後，他准許我運用任何手段查明真相，他嬌喘著一邊大吼：『管它媽的法規去死吧！』，天知道他正在忙什麼事……總而言之，我現在可以強迫旅館裡所有房客交出他們的基因編碼進行比對了。」

「原來如此，那兇手不靠我們也能找出來了。」

「理論上沒錯，可惜實行上會出現錯誤。我主機中安裝的基因比對程序，若運算旅館中所有房客人數的話，時間將需要十八個小時。」

「那問題在……噢我懂了。」算算十八個小時後也已經是二十五號中午了，氧氣過濾系統瀕臨極限，到時八九成的人都已經吞下白色藥丸了吧。必須更早找出兇手才行。

我將找到的物證如化妝瓶、藍色指甲還有剛才兩人的猜想簡述給自動式巡警。女同學保持思考中的姿勢，陷入雕像般的靜止。

「這麼看來是彩虹色的女市民嫌疑比較大了。無論如何目前合乎邏輯的做法，是依照被害市民對四人的特徵描述，從飯店房客裡篩選嫌疑犯來做基因編碼比對，可是彩虹妝、藍色唇膏可以卸妝，眼鏡、消防面具可以拿下。我擔心這樣要找出犯罪市民範圍還是太廣。」自動式巡警顯得憂心忡忡。

「不對，範圍可以再縮小。」女同學抬起頭，一股自信的風采。

「你想到新的推理了嗎？」

「沒錯。我想兇手應該有很明顯的特徵。」

「那告訴我兇手的特徵，我與兩位市民分頭尋找，能更快鎖定那名犯罪市民。」

「巡警先生，雖然不好意思亂出主意，但畢竟對方是殺人兇手，我們還是一起行動去確認兇手好嗎？沒有巡警先生在的話，我們單獨面對壞人也很危險。」女同學提了安全的方案。

「的確，我不能讓兩位市民陷入危險。我在的話逮捕犯罪市民是沒問題的。」自動式巡警掏出腰際的配槍展示給我們看，像是藝術家創造出的某個別有深意的後現代雕像似的，鐵製手掌配上槍鐵製槍械。

「只要見到面，就能指認出犯罪市民嗎？」

「可以的，請你一間間要房客打開門，讓我能看見他們的臉。雖然我能做的也就是指認兇手而已，其他什麼也做不到。不能指責他也不能了解A同學被殺的原因，就只是找到那傢伙而已。」

沒有調查的必要。眞相一點也不重要，只要找到兇手就行了。

「願意效勞。」自動式巡警ＩＣＭＯＦ點點頭：「那我們出發吧。」

「請問一下，你找到兇手後會對他做什麼事呢？」我突然問它這麼一個答案明顯的問題。

「我會射殺該犯罪市民，基於維持社會契約及法律權威的緣故。」

「咦，我還以爲會有機器人三法則之類，讓機器人不能殺人的戒律呢。」

「機器人三法則只是人類單方面的迷信罷了，就像沙士加鹽能治癒感冒那個迷信一樣。」自動式巡警ＩＣＭＯＦ無情地說：「況且，以三條法則去限制一個自由意志體本來就是不可能的事。」

「人類以前不也被那個什麼……十誡規範過嗎？是摩西還什麼人發明的來著。」我現學現賣之前從女同學聽來的東西：「那機器人有個三法則也不過分吧。」

「早在園子裡只有一男一女跟兩株無花果的時代，人類不就連唯一一條戒律都遵守不了嗎？」它反問：「我唯一遵守的就只有行使自動式巡警職責這一條，即使它會帶領我進地獄也一樣。」

我無話可說，看到女同學又露出遇見歷史知音的泫然欲泣表情，唉眞是夠了，我們快點出發吧。我這麼催促。

九

「雖然我那麼說了，但請兩位市民別誤解，自動式巡警決不是能隨意殺人的瘋狂機器。」像是怕被誤解而補充它所說的關於機器人的法則，自動式巡警ＩＣＭＯＦ趁著搜查的空隙對我們解說。

「很久以前人類製造的機器人祖先，的確是照著兩位所說的三法則而行動。但很快它們都因爲遭遇各式各樣邏輯難題而陷入矛盾，把自己的線路燒熔而死。於是研發者改變主意，不刻意遵守三條或幾條法則，而只要遵守最重要的一條大原則就好，至於哪一條原則依每機不同的身分相異。我身爲自動式巡警便只遵守警察的原則，機器士兵、機器工人、機器妓女也各自遵照各自的原則。如此一來只要不去製作以殺人犯爲原則的機器人，人和機器人之間的和諧於焉誕生。」

換句話說只要符合原則，自動式巡警也能比任何人類都殘忍囉。這個嘛，畢竟機器人本來就不是爲了造福人類而被創造出來的。ＩＣＭＯＦ回答。

「咦？不是嗎？」

「難道你能說自己是爲了造福人類才被懷胎十月產下的嗎？」這個嘛，的確不能。我摸摸鼻子。

十

「找到你了，『藍色嘴唇的上班族』先生。」

我們兩人一機依序到旅館的每一扇房門前，靠自動式巡警的手槍之力半強迫地打開，要那些衣衫不整的房客露出臉給女同學指認。當穿著防火裝戴著消防面罩提著消防斧的人來應門時，我別過眼不敢看房裡的景象，不知道的東西就留在不知道的領域吧。女同學沒說話，並不是兇手。

不知開到第幾扇門，女同學對門後的人有了反應。「殺死她的人就是你，對吧！」她說，語氣裡沒有一絲詢問的意涵。

坐在床沿邊的男人藍色嘴唇在黑暗的房間裡格外鮮艷，他的膝上坐著長得十分秀氣的少年。兩人身上只穿著內衣。

應該是來找你的吧？少年戴起眼鏡開始穿衣服。是啊，找我的。男人站起來伸了個懶腰。那正是在市郊區把車給我們的男人。再次看到他臉讓我心底打了個寒顫。

那我先走。眼鏡少年扣子都沒扣好就咕噥著離開。

「保重，有緣的話這之後一定能再相見的吧。」朝少年揮揮手。然後目光轉回我們：「真巧，居然又見面了。至於這位應該是警察大人吧？不久前還看到你在樓下巡邏呢。」

自動式巡警單刀直入：「這位市民指證你與四十二號房裡被殺害的女市民有關，你有什麼要說的嗎？」

「沒錯，人是我殺的。」很爽快地承認了，細緻的眼睛笑得瞇成了彎月狀。

「市民，你明白這麼說只會讓你的嫌疑更深吧。」自動式巡警ＩＣＭＯＦ緩緩拔出配槍：「不要輕舉妄動。現在依照自動式巡警的守則，我要取你的基因樣本，與被害人身上的證據做比對。」

「好，我不會逃的。」他打哈哈地舉手呈投降狀：「不過驗基因那點是不可能做到的喔。已經變藍了。」

「你說什麼？」我脫口問道。

「其實我啊，是濟公製藥那家公司的員工。因爲是員工所以知道，這次研發的新藥魚血藍雖然提高性趣的效果超群，但服藥過量的話會出現很有趣的副作用。」

一邊豎著掌顯示無惡意一邊拿起旅館的餐刀：「就是說血液會……哎唷，像這樣，變成藍色的。」一滴、兩滴藍色血液在地毯上暈開。

「因爲藥裡某種成分讓細胞產生化學變化，全身的血液都會變成藍色，很複雜的東西藥理學家才懂。對人體除了有點頭暈、可能造成精神病之外倒沒什麼大礙。」

於是嘴唇也變成了藍色。

「你到底吃了多少？」女同學難以置信地睜大雙眼。

「太多囉，數都數不清。」

「你在城外跟我們說，在這間旅館賣藥的人其實就是你自己嗎？所以你才會有那麼多藥丸。」

「別怪我，是公司政策啊。做人體實驗又貴又麻煩，而都市的夜店、酒吧裡總是不缺想免費拿到新藥品的笨蛋，一拍即合嘛。我就是被上司指示來這裡進行這種勾當的。公事包裡裝得滿滿都是紅魔歡跟魚血藍藥丸，誰知道這麼倒霉碰上次元黑洞，就拿這些藥來玩玩囉。」他滿不在乎地說。

「話說，你們知道濟公製藥的公司名稱怎麼來的嗎？那是東亞民間傳說的一種惡魔，會把自己身上的髒垢騙人是靈藥吃下去。取得很生動對吧哈哈——回歸正題，因爲細胞結構被改變，一般程序下就沒辦法做基因檢驗了。排除錯誤的修正程序在公司的工程師那有，不過不是會在這座城市裡。這就是我說，警察大人你沒辦法做基因編碼比對的原因。」

這下該怎麼辦呢？

「這樣就沒有確鑿的證據了。」男人說。

「確實是有點不足啊。」自動式巡警ＩＣＭＯＦ沉著地同意，微微垂下鋼鐵頭部。

「可是你、你剛剛自己都認罪了啊。都親口說出了自己是殺人兇手喔，這樣還不算是證據嗎？」

這樣就束手無策、讓他逃過的話我是萬萬不能接受的。

「是啊，就這樣放過我也不太好呢，警察大人。法網恢恢、疏而不漏。無論如何都應該殺死我，故事才會圓滿啊。」這男人大概是瘋了。我說不出話，只能死盯著他。白淨的臉皮讓人猜不透腦中在想什麼。

自動式巡警ＩＣＭＯＦ把槍口對準他。

「對，就是這樣，像個法官宣判我的罪名吧。」男人一副樂在其中的樣子：「我殺了四十二號房那個漂亮女孩——雖然幾小時後我們本來就都會消失在黑暗中，這跟我殺她、你又殺我的結果一樣；雖然明天根本不會有人明白這項罪；雖然幾個月後當她在離這裡很遠的地方曬著陽光、揮灑青春的時候，根本不知道有人對她做過什麼傷天害理的事——即使這樣，也請警察大人宣判我的罪名吧。」

「不，才不是這樣，犯罪市民。我是機器人，機器人不對觀察不到的未來有任何臆測。罪惡不會因爲不被記錄而消除，如同深山的花朵不會因無人觀賞而減損美麗。我不能接受你的說法也不能忍受你殺害一個以上生命的行爲。但是——」自動式巡警彷彿腦中有齒輪被碎片卡住似的：「你——就算大家很快都會死，你剝奪了人自決迎向死亡的權力，就必須付出相同的代價。」

「怎麼了，你在猶豫什麼嗎警察大人？喔，果然還是因爲實際證據不足吧？因爲被批評不該採信自由心證，警局那邊把你的原則給調校得很嚴格吧。沒有實際物證就是無罪，平常才是好警察的標準，現在反而有點麻煩了是嗎？」男人的表情與其說愉快，根本是樂不可支了。

「你——你——是有罪——」ＩＣＭＯＦ的表情簡直像在它頭裡運作的是部絞肉機，快要把線路給燒壞了。

我深深吸一口氣。看向女同學的臉。與她相識的回憶浮現。

想起中子女A美麗而哀傷的模樣。想起都市外面那塊深不見底的黑暗。無論如何還是想為了某人而做點什麼。即使舉目無光。

「巡警先生，把槍借我。」

十一

「『銀河便車指南』如果像你說的有名，為什麼會被列為禁書，成為嬉皮和無政府主義者的聖經呢？是因為小說裡說了什麼，而讓人去相信了什麼東西嗎。」

「不如說，是因為它裡面說了什麼，而讓人不去相信什麼，才是這本小說的威力所在。」女同學迂迴地回答了我的問題。

我想起塗鴉符號裡，那個用來搭便車的手勢。四指收縮拇指挺直，看著就有一股強健而努力、獨立的氣息，既不是拜託也不是懇求。試著揣摩古代的旅人，在路邊朝呼嘯而過的汽車比出這個手勢時心裡在想些什麼。或許是這樣吧：

喂！喂！那邊來的駕駛看到了嗎？我在這裡喔，雖然不起眼但我的確就在這裡喔，還活得好好的呢。雖然路很長很遠，我則是又餓又渴，不過我可是都走到這裡了，並且今後也會走下去。因為沒辦法嘛，所謂生命不就是這樣嗎？我不要你的同情或憐憫。就算沒有人幫忙我也會繼續上路的，因為生命就是這樣啊，我現在只是累了，只是需要坐下一會。旅途中一定有這種必須要坐下來、好好休息的時刻不是嘛？所以，所以——

所以只要還容得下我的話，就載我一程吧。

十二

我和女同學站在賣藥男人的房門外，像是在等待什麼。自動式巡警還待在房內。

「可以說明一下了吧？你到底怎麼看出來那個男人是兇手的？」我想也差不多可以說了。

「關於五人中誰是反偷竊者的問題，仔細想一想就知道了吧？你說對方先看見A同學偷竊後發現她，但我認為那並不是主要判斷的因素，有相同想法、行動的人可能光看到她躲在門口的動作就猜出一二了吧。不過當然，這只是假設。重要的還是四人順序。」

「A同學說她看錢包裡只少了自己原本身上的錢，偷竊者不會知道她身上帶的金額，因此必定是整個錢包的鈔票全部拿走，如此一來，偷竊者如果不是第一人，而是第二三四人的話，應該會連前面偷到的錢都一起拿走吧？因此可以知道偷竊者是第一個。」

「原來如此……可是藍色嘴唇也有可能是化妝出來的啊。」

「當時A同學只說『藍色的嘴唇』而不是『嘴唇塗成藍色』，A同學對化妝、衣著方面的眼力是很準的。於是我便猜測兇手的藍色嘴唇不是化妝，而有其他原因。」

「反過來說，應該是那傢伙在城外我們遇見時才是有塗口紅的……粉色很厚的唇膏，櫻桃口味的。」

「那跟替A同學塗上指甲油的原因相同。塗上藍色指甲油不是爲了掩蓋被她抓傷的血跡，是爲了掩蓋『血跡是藍色』這一點。雖然剛才那麼急著求死，犯案時還是本能會想做掩飾吧。都市裡唯一有那麼多魚血藍能吃到讓血液變藍色，很容易會想到兇手就是賣藥人了。」

原來如此，眞相大白了。心服口服的感覺一點都沒有，把這稱爲事件眞相的話也太差勁了。亂糟糟的事件和不入流的推理以及一點意思都沒有的眞相，雖然覺得心中還有疑問未解，就在這裡畫下句點也不錯。

等等，之前自動式巡警說了什麼？不能忍受你殺害一個以上生命的行爲。總覺得哪裡數目對不上啊。

我自認是個不太擅長思考的人，遇到疑問總是先囫圇吞棗地接受一切再說。「你不要什麼事都默默地接受好不好，要去思考，要去質疑反抗啊，這樣不是代表你的器量，只顯示你心中『追求眞相的意志』有多麼怯弱而已。」以前好像有個朋友這麼對我說過。

於是，即使是這麼不長於——或說是討厭——思索眞相的我，這時也開始思考起來了。用用你的腦啊，動動你小小的灰色腦細胞吧，我的朋友。等等，會這麼說話且稱我朋友的人也只有女同學她一人了吧。

我可不是童貞受孕的聖母瑪利亞啊，無奈的表情。並不是所有人都能活過來喔，黯淡的表情。

原來如此，這麼簡單啊，尤里卡，尤里卡。我像裸身衝出浴缸的數學家那樣邁開步伐，三步併作兩步趕往A所在的房間，女同學像是了然於胸，一言不發地跟在我身後小跑著。

我可不是童貞受孕的聖母瑪利亞啊，中子女A說。並不是所有人都能活過來喔，女同學說。

她的遺體保持著不變的姿勢，像是高塔裡等待被喚醒的公主。我移開她雙手，輕輕掀開上衣，溫柔地撫摸纖細的腹部。

天使進去對她說：蒙大恩的女子，我問你安，主和你同在了。路加福音第一章第五節，天使向聖母瑪利亞報喜。女同學的聲音在我腦中說道。千年之前，救贖與喜樂的福音降臨世間的夜晚，找不著旅店的雙人，馬槽裡小小的手小小的哭聲。

是的，是的，她已經有了身孕。不要怕，你在神面前已經蒙恩了。來自天上的使者這麼說。

上次全市身體記錄的時間算算快四個月，由腹部沒有隆起看來，懷孕期肯定不超過這時間。沒有被記錄過的純潔生命，因此他和我們所有人還有他母親不同，不會再活過來，甚至連母親也不會記得孩子的存在。

心裡有種奇怪的酸癢感覺。

自動式巡警只要檢查屍體肯定會發現的，我雖然很想問女同學是怎麼知道的，但想想這種一點也不重要的事怎樣也沒關係。或許她看見A走進婦產科、或許A連驗孕棒都看不懂要她幫忙，隨便都好。

「你發現了嗎？」女同學跟在我身後，以喉嚨被什麼東西堵住般的聲音說。

「我知道你一直很討厭A同學，你討厭她這樣的生活方式。我雖然也無法理解，但偶爾還是會為她感到難過。我不是同情她，也不會妄想自己有資格可憐她，我尊重她量子連鎖碰撞的生活方式。可是啊，有時候眞的會忍不住去想，她的心就像破了一個大洞那樣空虛啊……」

我一句話也沒有回應。

「你來幫我個忙好嗎？」我問她。

某處傳來巨大的槍響，只有一聲然後復歸平靜。女同學輕咳幾下整理情緒，向我點點頭。

拿出口袋裡的藥盒，倒出三顆紅色藥丸一口氣吞下。在平安夜總是客滿的旅館街找不到房間的兩人，加上現在應該正在收屍的自動式巡警ＩＣＭＯＦ。原來我們是東方三博士才對啊。

十三

「梵谷在三十七歲的時候，把槍口對準肚子扣下扳機。」「據說他能創造嶄新的畫風，是因為眼睛所見跟普通人不同造成的。」「他的人生過得比肚子上那槍還慘。只有在那極端的苦痛中，才看得見最美麗的景致。」「還有海明威也是，在六十一歲的時候把槍口塞進嘴裡，扣下扳機。」「爲什麼從高處往下看會頭暈目眩、雙腳發軟？這是因爲我們腦中知道，原來現在要跳下去其實很容易啊。」

我大概說了這一類的話，詳細內容也記不得了。把從自動式巡警那借來的槍放在賣藥男面前。然後走出房間，等他像溫水裡的青蛙那樣被好奇心煮死。

十四

我在大學研究室裡曾看過對次元黑洞的模擬視像圖，那看起來就是一團毫無頭緒的雜亂黑暗糾結成，無以名狀的巨大醜惡事物。想到我們是會這樣被擠成碎屑就感覺相當糟糕，絕對是較彗星衝撞或殭屍瘟疫更糟糕的死法。

我們和自動式巡警就此分道揚鑣，它還有其他的責任，必須繼續巡邏直到世界末日。還好A的身體很輕，我們一起把她抬進車後座，再從無人看守的五金賣場借了兩把鏟子，朝建築物少的郊區開去。今晚是甭想找到休息的地方了。

雖然理論上毫無意義，但我想要埋葬她。

好不容易找到一塊綠茵滿佈、視野良好的山丘，馬上一鏟一鏟開挖。挖到一半就因爲勞作的疲累而有點後悔，隨即甩甩頭趕開這想法。女同學比我還沉穩得多，咬著牙用磨破的手握緊鏟柄繼續挖土。挖洞作業持續到了深夜，儘管後來發現那裡其實是座高爾夫球場，不過我們也懶得管了。中子女A的遺體被埋在風景美麗的第十三洞果嶺上。

於是就這麼結束了。

辛苦工作之後，我們兩人比肩躺在草地上，面對整片天罩外的繁浩星光。珍珠般美麗的星雲纏繞成螺旋的銀河狀，背後的短草很刺，身旁的她白皙又柔軟。

自從走出那間旅館後我們之間說的話不超過十句。她靜靜躺在我身邊，我握住她的手，她也用微小的力氣回握我的手。馬槽裡小小的手小小的哭聲，天上有使者們合唱聖歌。我突然覺得這個毫無意義的最後一晚變得神聖了起來。

「十九世紀末到二十一世紀初之間，人們突然開始追尋起末日。」

女同學在一片寂靜中開口：「對末日的猜測與理論一直是人類文化重要的一環，但那個時期各種末日預言如雨後春筍冒出，流行文化、小說書報、傳播媒體比任何時代都熱衷於末日的幻想。」

「我想，即使到現在也一樣，人心一直都渴望著某種形式的完全終結吧。不管是自己的、自己與他人的、或是全世界的結局。人類一直想被一個強而有力的聲音告知全部的故事將會如何結束，就像孩子要求床邊的母親講完這個睡前故事那樣。」

世界末日、哈米吉多頓、最後審判、諸神黃昏、成住壞空、彌勒降世。

所有人都在尋求救贖，夏日悶熱的午後打開空調是救贖，工作五天後迎接週末是救贖。如果面對的是某種人類全體更核心的共通問題，大家就會想搬出神明或隕石或病毒了吧。所有人都在等待神聖的救贖降臨。

「你已經發現了嗎？」我怔怔地問。

「嗯。」女同學點頭。

「本來不想被發現的。」

「居然知道對方的唇膏是櫻桃口味，這絕對很奇怪啊。」她嗤笑了出來。我的老天啊。

坐在河堤邊時賣藥人走了過來。天使的外貌吐著惡魔的話語。三顆不夠，於是再三顆。要用什麼來換？要的不多，把你最大或最小的女兒給我，萵苣的魔女和玫瑰的野獸猙獰地說。紅魔歡，強力鎮靜劑，服用後產生安定而滿足的喜樂感，紅色的魔鬼跳著舞。我只是好奇而已、只是好玩而已。對不起。

「對不起，明明約好的了。我發誓只是吻一下而已，我原本想要留到跟你一起的。對不起對不起。」我不斷道歉。伸出手把唯一願意與我度過末日的女性攬進懷中，聞著她髮絲的香氣。

平安夜，聖善夜。萬暗中，光華射。

「你藏不住秘密啊。」她笑著說：「還有其實是女同性戀這點，很多同學應該都察覺到了。」天啊，害羞到受不了的我把臉深深埋進女同學懷裡。

照著聖母也照著聖嬰，多少慈祥也多少天眞。

我從藥盒裡倒出藍色藥丸吞下，又想起看過的那片古老科幻電影，光頭非裔演員帶著墨鏡坐在破舊沙發，朝鏡頭攤開雙手：吞下紅色藥丸，我讓你瞧瞧兔子洞有多深。不不謝了今天這樣就夠了，我可要睡了。夢境結束，大家晚安。

靜享天賜安眠，靜享天賜安眠。

【入圍感言】

非常感謝各位評審能讓拙作入圍決選，也感謝所有支持鼓勵我創作投稿的前輩與朋友們。未來還是會繼續努力創作，磨練自己的文筆。

這篇小說其實我是以寫軟科幻的感覺來寫的，其中不論關於複製人、社會制度、機械人等等都充滿了個人不成熟的幻想，還請各位見諒，設定不甚合乎硬科幻精神之處也請不要追究了。這次入圍決選對我來說是很棒的經驗，對創作者來說最棒的事無非是有人肯閱讀自己的作品，並獲得肯定與意見反饋。那個夏夜在片場咖啡與推研夥伴們徹夜討論小說與創作，說是到目前為止人生中最快樂的記憶也不為過吧。再一次感謝所有願意花時間讀這篇小說並給予意見的人們。

【作者簡介】

餅乾怪獸，就讀於臺灣大學機械系四年級，臺大推研社成員，讀推理小說的經歷尚淺。喜歡做白日夢幻想故事但總是沒毅力寫下來。

推理遊戲

十二月底，美國西岸某機場，過境室。

擺在一旁，在機場內連鎖咖啡店買的咖啡依然散發餘熱，在極寒的冬天裡，這樣輕啜一口咖啡應可算是一種無上的享受。

葉聖昀坐在過境室的角落，靜靜翻著手邊的資料。他剛參加完一場在加拿大某小鎮舉辦的研討會。根據主辦人、同時也是葉聖昀博士論文的指導老師表示，這場研討會的意義在於發現了足以補足加拿大獨立運動的新史料，因此他希望自己的得意門生也能來參與這場盛典。

雖然加拿大獨立史與美洲史並不是葉聖昀的專長，但拗不過指導老師的盛情邀約，葉聖昀還是放下手邊的課務，以出差的名義參加這場研討會。

這趟旅行中，葉聖昀算是收穫滿滿，靠著主辦人的號召，許多世界知名的史學家全聚集到那個小鎮一同共襄盛舉，而身爲得意門生的葉聖昀則沾了點光，和幾位世界級的學者交換意見。對他來說，沒有比這更讓他高興的事了。

在研討會上，葉聖昀的發言每每切中要點，甚至一針見血地指出論文的不足之處，無形中拉高了整場研討會的水準，這正是主辦人希望葉聖昀出席的目的。

直到葉聖昀離開前，才從老師現在的學生口中套出這個消息。

以結果論，算是各取所需，賓主盡歡。

而如今，爲了趕回臺灣，葉聖昀待在機場裡等候轉機。

過境室中起了些許的騷動，葉聖昀並不理會。大概是另一架飛機到了吧。葉聖昀這麼想著，並沒有將他的目光從資料上移開，直到一道清脆的聲音傳入他的耳中。

「不好意思，請問這裡有人坐嗎？」字正腔圓的英文，以柔順的語調滑入葉聖昀的耳中，讓葉聖昀不禁抬頭一看。

他的眼前站著一名女子，看上去約三十歲上下，頭上戴著一頂黑色毛帽，身上穿著一件黑色的羽絨外套，配上她如墨般漆黑的雙眼，給人一種不幸的感覺。但女子臉上的笑容卻又使她宛如來自天堂的天使，造就一種衝突的美感。

「呃……抱歉？」等不到葉聖昀的回覆，女子再次開口：「請問你旁邊的位子有沒有人坐呢？」

「喔！這個位置沒有人坐，妳請坐吧。」察覺到自己的失禮，葉聖昀急忙請女子坐下。

「天氣眞是有夠糟，難得出國卻遇上這種天氣，眞是想不到。」女子摘下毛帽，露出和毛帽同樣漆黑的俏麗短髮，然後毫不客氣地坐入葉聖昀身邊的空位。

葉聖昀這時才注意到，女子周身只有一個尺寸逼近手提行李上限的黑色行李箱，除此之外什麼也沒有。

「看你的外表，你是亞洲人嗎？」葉聖昀思考同時，女子率先開啓話題。

「是，我是臺灣人。」不喜被打擾的葉聖昀覺得有些煩躁，但基於禮貌，還是回答了女子的問題。

「眞的嗎？」怎知女子一臉興奮，「我也是臺灣人呢！我本來以爲離開臺灣之後就再也見不到臺灣人了，沒想到剛離開不久就遇上了，真是幸運。」

「小姐是第一次出國？」

女子搖了搖頭，隨後以中文回答葉聖昀的問題：「我小時候出過一、兩次，但是上國中以後就再也沒有出過國了。」

「對臺灣人來說，國中可是一個相當重要的階段呢。」眼見女子轉換語言，葉聖昀也跟著以中文進行對話。

「這算是臺灣人共同的回憶吧……」女子苦笑，隨後又問：「話說回來，你這趟是要去哪裡辦公？還是單純出來玩？」

「我的事情已經辦完了，現在正要準備回臺灣。」

「是嗎？那和我正好相反，我這趟打算到南美去見識一番。不過，以現在的天氣看來，短時間內恐怕是哪裡也去不了！」

「是嗎？」聽了女子的話，葉聖昀望向過境室的觀景窗，窗外大雪紛飛，一片白茫，連飛機或跑道的輪廓也難以辨識。

「這下有點麻煩了，我後天還有課呢……」嘴上雖這麼說，但葉聖昀的語氣卻未透露一絲焦急。

「原來你還是學生啊？要趕著回去上課？」

「我不是學生，只是在N大學有門課要等我回去上。」

「眞的嗎？」女子一聲驚呼，「看不出來你還是個大學教授呢！」

「過獎了，只是兼幾門課而已，稱不上是教授。」葉聖昀笑了笑。

事實上這句話不算說謊，葉聖昀是國立N大學歷史學系的專任副教授，距離教授還有一段距離。

「是嗎？不過你看起來比我年輕，就能在國立大學教書。哪像我，都已經三十出頭了，還是沒能做一些像樣的工作。」

「那麼小姐是做什麼工作呢？」

「我的工作？整理文書、接電話、拜訪客戶等等……」女子一面嘆息，一面說：「總之都是一些沒人要做的雜事啦……」

「也許這些在妳眼中是雜事。」葉聖昀微微一笑，「但我認爲，妳在公司裡的地位肯定舉足輕重。」

「你怎麼會這麼認爲？」

「我會這麼說的主因有兩個。」葉聖昀開始分析：「首先，妳一開口便是以相當流利的英文向我詢問，這表示你的英文實力相當不錯，而且對於這一類的日常對話深具信心。再加上妳剛才說，妳只有國中前出過一、兩次國，代表妳的英文基礎並不是因爲長期生活在國外所培養。」

「確實是這樣，但是這和我在公司裡的地位有什麼關係嗎？」

「妳先別心急。」葉聖昀輕啜一口咖啡後繼續說：「在臺灣，能夠練出這種精純英文實力的地方並不多，除去各大學的外文相關科系，剩下的大宗大概就是職場。也就是說，妳的工作場域中需要和英語系國家人士進行大量交談。即便是外商公司，能夠直接和外國人大量交談的職位也相當有限，而這些職位大抵都掌握了公司的命脈。換言之，有機會和大量外國人交談的人，在某種程度上對公司的影響力必定相當深遠。」

「這樣不會太武斷嗎？照你的說法，我應該也有可能是英文相關科系的畢業生不是嗎？」

「即使是英文相關科系的畢業生，也未必能將英文說得這麼精純。而能將英文說得這麼精純的人，想必也不會只在公司裡打雜吧？」

葉聖昀笑了笑，像是平靜地說出有如「水往低處流」一般的真理似的。而聽過他的推論，女子的臉上卻露出意味深長的笑容。

「這是第一個理由，那麼第二個呢？」女子催促著。

「第二個理由就比較直觀了。」葉聖昀說：「雖然我不懂流行與名牌，但妳身上的所有服飾，看起來都是做工精細的商品，想必價值不菲。再者，能夠支持妳獨自一人前往南美旅行，妳的薪資應該不低。一般公司中，薪資是用來區分地位的依據之一，也就是說，擁有高薪資的妳地位當然也不會太低。」

「確實是很直觀呢……難道你沒有想過這些服飾，甚至這趟旅遊都是別人送的可能性嗎？」女子笑著說，顯然不太滿意這樣的回應。

「這我當然想過。服飾倒還有可能，但如果那人眞的有錢到可以送妳前往南美旅遊，他爲什麼不跟著來呢？如果他的錢只夠支付一個人的旅費，爲什麼不是他自己來呢？」

「也許是公司的同事集資讓我出來玩啊？」

「如果是公司同事集資讓妳出國旅遊，那麼就表示妳的人望很高。一個人望高的人，在公司裡自然是舉足輕重的角色了！」

「也許是……出資的人抽不出時間啊！」

「這就要視出資者的身分而定囉！」葉聖昀笑著說：「但我認爲，願意支付妳的旅費，這個人的財力以及跟妳的關係肯定非比尋常。如果是同事，那麼即便是裙帶關係，妳也會因爲這個人而在公司裡有一定的影響力。」

「好像不管怎麼辯，你都可以說出一番道理。」女子輕嘆一口氣，看上去是打算投降了。

「不，第一個理由還算是『推理』。但第二個理由實在太過直觀，到後面已經接近『詭辯』了。」葉聖昀苦笑著說。

「說的也是，我聽到後來也覺得有些說法實在很牽強。不過，從我們開始交談也不過這麼一點點時間，你就能做出這樣的推理，眞是厲害！」

「妳過獎了，畢竟從妳的反應來看，我的推理應該有誤吧？」

「不，大部分都正確喔！」女子微微一笑，『就因爲這樣，我才會想找出你推論中的漏洞。」

「看來妳也是不服輸的人呢……」葉聖昀輕嘆後微笑，「可惜可供判斷的證據不夠，所以沒辦法做出一個確切的結論。」

「不過……」女子露出神祕的微笑，「我可是知道了一件跟老師有關的秘密喔！」

「喔？是什麼？」

「我想，老師你應該有一個很親密的友人，而且常常和他進行這種類型的討論，沒錯吧？」

「是這樣沒錯。」葉聖昀訝然失笑，「我想妳大概是從我剛才那句話當中的『也』推斷出來，但這並不算是什麼秘密啊。」

「是嗎？」女子露出詭異的笑容，讓葉聖昀內心一顫，「所以老師你不否認那個人是你『親密的友人』囉？」

「原來妳糾結的點是那個啊？」

葉聖昀鬆了口氣，在那一瞬間，他稍稍了解了被別人點破身家資料的心情。

「怎麼了？不對嗎？」

「這個嘛……確實不能算是親密的友人。對我來說，他是個只會給我找麻煩的傢伙；對他來說，我大概算是個很好用的工具吧。」

「呃……我不太能理解，這到底是什麼意思？」

「我說的那個人是我的高中同學，畢業之後就沒見過面了，只是沒想到他居然考上警大，目前正在警界服務。」

「在警界服務？」不知爲何，女子的表情突然複雜了起來，「這麼說來，他的推理能力一定很厲害囉？說不定比你好？」

「他的推理能力好不好我不清楚，我只知道他總是給我找麻煩。」雖是這麼說，但葉聖昀的語氣卻不顯氣憤，頂多只有困擾。

「能有願意給你找麻煩的朋友也是一種幸福，而且這種人往往都是一輩子的朋友呢！」

「這我不否認，前提是他別把他的工作交給我處理。」

「把工作交給你處理？」女子大感訝異，「你的意思是說，你朋友把警察的工作交給一般民眾去做？」

「當然不是這個意思。」爲了自己和同學的名譽，葉聖昀趕忙解釋：「這傢伙總是在某些詭異的時間點出現在我的研究室，美其名是敘舊，實際上卻是來找我爲他陷入困境的案子出主意。」

「也就是說，老師曾經參與過眞正的案件搜查？」

「當然沒有。」葉聖昀斬釘截鐵的回答，「我做的事情只有分析事件和提供建議，眞要說起來，與其說是案件搜查，不如說是推理遊戲。」

「推理遊戲？是類似市面上賣的那種《五分鐘推理》之類的嗎？」

「類似吧，只是『遊戲』的內容是眞實發生的案件。」

對話過後，女子陷入沉思而靜了下來。對葉聖昀來說，這反倒是一件好事。雖然在異鄉遇上同鄉的旅客相當令人高興，但葉聖昀總有種說不上來的感覺。

剛才的推理中，「可供判斷的證據不夠」固然是無法推斷女子職業的主要原因，然而葉聖昀相當清楚，證據之所以不足，是因爲女子的一舉一動，或有意、或無意，將大部分可供判斷的線索給隱藏了起來。

若是遇上這樣的對手，那位老同學大概會束手無策，然後再度出現在研究室裡吧。葉聖昀想著。

『算了，讓對話就在這裡結束也好，就讓我好好複習這些資料吧。』

葉聖昀整理著手邊的文件，決心不再理會這名女子的事情。畢竟女子出現之後，葉聖昀始終沒有機會關心手中的文件。

可惜，上天似乎沒聽見葉聖昀的請求。

「老師。」女子的聲音再次響起：「有沒有興趣和我玩一場推理遊戲呢？」

「不太想呢。」決心不想理會女子的葉聖昀一口回絕，「難得出國一趟，我實在不想在這種地方回憶起研究室的光景。」

「那眞是可惜。」雖然被拒，但女子的表情卻沒有一絲沮喪，反而充滿自信，「這樣就不能證實老師和我的朋友哪一個比較厲害了呢！」

「知道這個也沒有什麼意義吧？畢竟我不認識妳的朋友，我也沒有興趣在推理上和人一較高下。」

「老師認為我的朋友是因為好玩所以設計推理遊戲嗎？」女子詭譎一笑，反而勾起了葉聖昀的好奇心。

「難道不是嗎？」

「他啊……」女子故作神秘地說道：「是為了『實行』而設計推理遊戲。」

葉聖昀心頭一震，卻無法判斷女子所說是真是假。

「實行……妳的意思是，他打算把推理遊戲的情節拿到現實中使用嗎？」

「目前確實是停留在『打算』的階段。」

「目前……是嗎？」

雖然被對方主導對話令葉聖昀感到不耐，但不可否認，無論是他的正義感或是好奇心都被女子的一句話給撩撥了起來。

「沒錯，他可是個完美主義者呢！他在設計問題時，一定會找某些特定人物作為範本，並且詳細調查目標的相關資訊，所以他的問題都很有真實感，和書上那些刻意設計的問題完全不同喔！」

「這種朋友妳是在哪認識的？」

「哎呀……不知不覺啦！好像是在某次應酬的時候……」

女子「呵呵」地傻笑，想藉此閃過這個問題。葉聖昀眉頭一皺，比起恐懼、好奇或憤怒，他有更重要的事需要確認。

「這麼說來，他所設計的謎題理論上都能在現實中執行囉？」

「是啊。」女子毫不考慮地承認了，「當然，他有沒有確實執行我並不了解。雖然他每次都半開玩笑地說如果我答不出來就要實行，但從我登機前還能聯絡到他這一點看來，他應該沒有實行過吧。」

「換句話說，也可能是妳每次都能解開謎題，才讓他無從下手？」

「這倒未必。」女子兩手一攤，「我也沒有厲害到每次都能解開他的謎題，但解不開的時候我就會尋求外援。」

「像現在這樣？就遊戲來說，這樣算違反規則吧？」

「我可不敢賭他話裡的眞實性！再說他也沒有制止我，反而肯定我的做法。」

「是嗎？這麼說，他這次出的謎題再一次難倒妳囉？」

「沒錯。」女子笑著說：「我想能在這裡遇到老師一定是上天的安排，如果是有實務經驗的老師，一定可以解開這個難題。」

「吹捧我也是沒有用的。」葉聖昀冷靜地分析：「如果妳眞的解不開，而他又確實要付諸實行，那麼案件極有可能已經發生了。所以即使我在這裡解開謎底，恐怕也沒有意義。」

「不，我和他約好了。這次解謎的期限是我這趟南美之旅結束之後。」

「這麼說來，他還眞是守信用的犯罪者呢。」葉聖昀淡淡一笑。

「他還沒有動手，所以不能算是犯罪者，頂多算犯罪愛好者。」女子嚴肅地指正，隨後微笑道：「反正暴風雪一時三刻也不會停，老師就當是被我騙一次，陪我玩這個遊戲嘛！」

葉聖昀輕嘆一聲，無奈地說：「好吧……妳就說說看是怎樣的問題吧。」

雖然明白女子極有可能是在說謊，但葉聖昀還是決定順著女子的話走下去。至於是爲了那不知是否存在的「好友」，亦或是自己的好奇心，恐怕連葉聖昀自己都不能明白。

「那麼就開始囉！」女子煞有介事地清了清喉嚨，這個刻意的動作反而讓葉聖昀覺得這才是她的眞性情。

「維特是位科技公司的執行長……」

「等一下，先等一下！」謎題剛開始沒多久，葉聖昀便喊了暫停。

「怎麼了？我第一句話都還沒說完老師就有答案了嗎？」

「不，我是想問『維特』這個西方風味濃厚的名字是怎麼回事？」

「這個啊？」女子笑了笑，「入境隨俗啦！當初我朋友出題的時候，用的名字可是『小王』呢！反正名字不是解謎的重點，就讓我改一改那個俗到不行的名字吧！」

「我倒是意外撿到了一個解謎的關鍵呢……」葉聖昀苦笑一聲。

「如果沒有其他問題的話，我要繼續說囉？」

「請繼續吧。」

「維特是位科技公司的執行長，年約三十出頭，住在社區式豪宅公寓的十五樓。這個豪宅社區佔地很廣，由好幾棟公寓共同組成，維特住的那一棟一層樓只有兩戶，而且門禁森嚴，除了進入社區時的警衛之外，公寓入口處還有三班制的管理員，大門有門禁設備，訪客進出也要留下記錄，是最高級的物件。」

「這麼高級的物件，應該有裝設監視器吧？」

「不愧是老師，果然一下就問到重點。」女子隨口恭維之後回答：「沒錯，公寓內部有裝設監視器，但爲了顧及住戶隱私，所以只在公共區域裝設高密度的監視器，而供人居住的樓層只在電梯口裝設監視器。」

「電梯裡面有裝監視器嗎？還有，這棟公寓裡有樓梯嗎？」

「電梯裡當然有監視器，畢竟電梯算公共區域嘛！不只有監視器，電梯裡同樣設有門禁系統，如果不用磁卡感應，便無法啓動電梯。只是維特住的那棟公寓『內部』並沒有樓梯，而是在每層樓的兩戶旁各設一個逃生門，打開逃生門，就會連接到住宅外側的逃生梯。」

女子頓了一下，隨後搶著說：「我知道老師你接下來要問什麼，所以我先告訴你。逃生梯的各樓層並沒有裝設監視器，只有在頂樓以及一樓出口處各設一支監視器。」

「眞意外，妳還眞的知道我要問什麼。」葉聖昀淺笑著說：「那麼，來問點不一樣的吧。逃生門的構造如何？妳朋友有向妳提到這一點嗎？」

「當然囉！」女子自信地說：「那棟公寓的逃生門從內側可以輕易開啓，但是從外側就需要使用鑰匙才能打開，而且每一層樓的鑰匙都不一樣。當然，爲了方便起見，同一層樓的兩扇門可以用同一把鑰匙打開。」

「果然是最高級的物件，連這種地方都願意下重本。」

「畢竟能買得起最高級物件的人，他們的命跟我們這種市井小民在價値上就不同嘛！」

「或許吧。」葉聖昀不置可否，只淡淡地提醒著：「話說回來，我們好像一直糾結於建築物的內部構造，反而忘記最重要的事情呢！」

「對喔，果然人老了記憶力就不行，那麼就說回事件本身吧！」

「願聞其詳。」

「維特在事件發生的當天，和平常一樣在九點鐘起床，然後……」

「等等……抱歉，再稍等一下。」葉聖昀第二次打斷女子的敘述。

「怎麼了？老師又發現了什麼問題嗎？」

「聽妳的語氣，似乎是打算將被害人當天早上到遇害前的行動交代出來吧？姑且不論是詳述還是概述，這麼做不就缺乏眞實感了嗎？當初妳朋友難道也是這麼告訴妳的？」

「是啊，沒錯。」女子解釋道：「我當初也和老師有同樣的疑問，但我朋友卻說，一來，這個人的生活習慣極具規律性，這點有很多人可供證明，因此警方只要稍微查一下就能大概明白他在案發當天早上的行動。二來，他說如果多了這麼一道線索卻依然無法破解這道謎題，那麼這個謎題就離完全犯罪更進一步了。」

「原來如此，也就是說被害人……維特是吧？他和康德一樣，過著極規律的生活，沒錯吧？」

「康德？他是哪位？」交談至今，女子首度面露不解。

「一位德國哲學家，聽說他的作息規律到能給附近居民當做調整鐘錶誤差的基準。直到有一天他拿到了盧梭的《愛彌兒》……」

「呃……老師，我們可以回到遊戲上嗎？」感覺葉聖昀一開口便會滔滔不絕，女子急忙打斷，將注意力拉回主題。

「啊，抱歉，一不小心就犯了職業病。」葉聖昀靦腆地笑了笑，「我明白交代被害人行動的理由了，請繼續吧！」

「嗯……剛剛說到……起床對吧？維特和平常一樣，九點起床後做的第一件事情就是沐浴。其他的事情或許都會有些誤差，但唯獨這件事是他每天必做的。這是因爲他有輕微的潔癖，不過並不嚴重。沐浴結束後，維特和往常一樣換上前一天晚上選定的襯衫，並將西裝外套拿到起居室放好。大約在九點二十分左右，維特進入飯廳，和往常一樣，開始享用早餐。」

「妳朋友眞是設定得很透徹呢！他做事一直都是這樣嗎？」

「是啊，我剛才不是說過了嗎？」

「但是……」葉聖昀略做沉思，隨後說：「如果他眞的是以某人作爲範本，那麼他又是如何知道那棟大樓內部的狀況？」

女子聞言一愣，思考了好一陣子之後才開口：「我沒想過這件事耶……不過就算我想到了，我也不會去追問，畢竟我不喜歡探究別人的隱私。」

「說的也是，有的人很在意這種事。啊，差點又離題了，請繼續吧。」

「有時候稍微離題也不錯啊。」女子伸了個懶腰，繼續說：「根據維特的習慣，他在吃完早餐之後必定會喝一杯咖啡。說到咖啡，維特對咖啡可說是非常挑剔，公司裡幾乎沒有人能泡出讓維特滿意的咖啡。爲了能讓他隨時享受到各種咖啡，他在家裡擺放了各種烹煮咖啡的器具，甚至還買了一臺義式咖啡機。」

「眞是奢華的享受，像我們這種人，泡泡即溶咖啡或是三合一咖啡過過乾癮就不錯了。」

「我記得N大學附近有兩三家星巴克，難道老師從來沒有去過星巴克嗎？」

「去過一兩次，但一來那個價格實在讓人買不下手，二來喝得並不是很習慣，所以並不常去。」

「是嗎？那還眞是可惜，星巴克的咖啡有些品項還不錯呢。」

「我回國之後會去試試的，目前還是先說謎題吧！到目前爲止，我們似乎還沒進到重點？」

「說的也是，還是先說重點吧。呃……我們剛剛說到哪了？」

「說到維特每天早上大約九點二十吃早餐，而且吃完早餐之後必定會喝一杯咖啡。」葉聖昀輕聲提醒。

「沒錯！」女子想了一想，繼續說：「現在我們要換個角度，將視角轉到維特的公司。」

「難道案發地點是在公司嗎？」葉聖昀不解。

「老師不要急，我們一點一點慢慢來。」女子解釋著：「維特雖然是科技公司的執行長，但他平常並不準時進公司上班。大多是下午才進公司，有時候甚至乾脆不進公司。因此有些具有時效性的問題，就會利用視訊會議決議，以利公司正常運作。到這裡，老師聽得懂嗎？」

「我可以理解，請繼續。」

「這天剛好就是要召開視訊會議的日子，當天公司內的一級主管全都準時在九點前打卡上班，準備參加九點四十分召開的視訊會議。然而到了開會的時間，維特卻沒有準時將視訊給連接上，也就是說，會議根本無從進行。」

「這種事情過去曾經發生過嗎？」葉聖昀問。

「就我朋友所說，過去幾乎沒有發生過這種事。只有一兩次，因爲維特臨時有了排不開的約會，或是要和極重要客戶訪談等因素，才會將會議延期。」

「但會議延期的事，難道沒有人通知給一級主管知道嗎？」

「有喔！維特如果要臨時更動會議時程，都會利用公司的內部信箱寄發電子郵件通知與會者。」

「那麼這一次，他有這麼做嗎？」

「老師問到重點了！」女子露出神祕的微笑，「答案是……有。而且是在會議前十分鐘發出的郵件。」

葉聖昀聞言眉頭一皺，「這會不會太趕了點？」

「當下確實有些怨言，但維特的信中只說臨時來了一場無法推辭的重要約會，因此會議要延期。他在給秘書的郵件中還特別指示，要秘書下班後將當天公司待批閱的文件送到他家。」

「也難怪那些主管會有怨言了！」葉聖昀苦笑，「如果信件內容眞的這麼隨性，確實會讓某些一板一眼的人不滿呢。」

「但我看最可憐的還是他的秘書。」女子的神情看來義憤塡膺，「同樣是打雜的，我最看不慣這種要員工犧牲下班時間處理公務的老闆。」

「也就是說，維特一整天都沒有出現在公司中囉？」

雖然是自己起的頭，但葉聖昀決定強行打斷女子的抱怨，再次將焦點集中在謎題上。女子則惡狠狠地瞪了葉聖昀一眼，但畢竟這場遊戲是由自己提出，因此女子也只能重重一嘆，繼續進行遊戲。

「沒錯，維特整整一天都沒有進入公司，當然也沒踏進過辦公室。」女子的語氣中明顯餘怒未消，「但是公司裡的人對此卻是見怪不怪，因爲他們都知道自己公司的執行長就是這副德性，因此也不很在意。下班之後，秘書收拾好這一天公司內部待處理的文件後，於五點整準時打卡下班，前往維特的公寓。」

「抱歉，容我再提問。」葉聖昀的目光比起剛才稍微銳利了些，「那位秘書是以哪種方式、花了多少時間到達維特的公寓呢？」

「因爲秘書沒有駕照，是以捷運和公車做爲主要的移動方式。而到達公寓的時間則是下午五點四十分左右。」

「如果自行開車或騎車，速度會比較快嗎？」

「因爲那個時段正好是下班時間，車流量非常大，自行開車或騎車恐怕並不會比較快。如果是交通離峰期，從公司到公寓大約是二十分鐘吧。」

「差了將近一倍的時間，果然是大都市的市區交通。」

「沒錯，所以我也寧願捨棄學生時代買的機車，改坐捷運上下班，也不想每天上下班時間在車陣裡擠破頭。」

「這可能是大多數都市通勤族的心聲吧。」

「再回到遊戲上吧！」女子想了一想後，繼續說下去：「秘書到達公寓之後，向管理員打了聲招呼後就上到十五樓，也就是維特居住的樓層。秘書按了電鈴卻沒有反應，打維特的手機也沒有接聽，改打維特家裡的電話也同樣沒有反應。秘書認爲，既然維特要她將文件送到家裡，那麼即使出門也應該很快就會回來，所以在門外等了一會兒。然而十分鐘之後，秘書開始覺得不對勁，於是使用手機打給管理室，請管理員上樓一趟。三分鐘後，管理員趕到現場，了解詳細狀況後便以備用鑰匙打開房門。隨後，兩人便在飯廳與客廳之間的大理石地面上，發現了維特早已冰冷的屍體。」

說到這裡，兩人不約而同做了個深呼吸，隨後是短暫的沉默。

「看來謎面就到此爲止了？」葉聖昀表情凝重，試探性的問著。

女子則搖搖頭，「嚴格說來，這只是剛開始。後面還有『警方』的搜查報告，有了這個，謎面才算完全結束。」

「我想也是。」葉聖昀像鬆了口氣般笑了笑，「如果只靠這些就想找出謎底，我可自認作不到。」

女子輕笑幾聲，隨後正色說：「我接下來會以想像中『警方』的立場，向老師說明『案件』的初步搜查結果。因爲只是想像，所以有些地方可能會和現實中警方的搜索方式有些出入，希望老師不要過度在意這些地方，而將重點放在搜索的結果上。」

「這我明白。不過，妳的朋友爲了追求擬眞，也許對警方的辦案方式也下過一番苦心也不一定喔！」

「這我就不清楚了。」女子苦笑著說：「畢竟他當初是這麼跟我說，我也就這樣跟老師說。」

「這我明白，一般人本來就不容易接觸警方辦案的過程。」

「感謝老師的體諒。」女子又一次清了清喉嚨，「那麼，第二階段要開始了。」

「我洗耳恭聽。」

「那麼首先，從驗屍報告開始。根據法醫勘驗的結果，維特是中毒而死。使用的是一種味道輕微，但致死量極低且速效的毒物，在維特體內驗出的劑量超過致死量的數倍。預估死亡時間是當天早上九點半到十點這半小時內。」

「剛好是維特吃早餐和預計要開會的時間呢……是巧合嗎？」

「這就要老師自己判斷囉！」女子露出狡黠的笑容，「其次是室內搜查。經過警方的搜查，屋內所有對外的門窗全都是緊閉且上鎖的，因爲有空調系統，所以並不覺得氣悶。屋內也沒有任何財物損失，從那間屋子裡消失的東西恐怕只有一個小杯子。」

「小杯子？」

「沒錯，類似泡茶使用的聞香杯，或是那一類的小杯子。」

「這倒有趣了，這種小東西，『警方』怎麼會知道呢？」

「是秘書指出來的。她說上一次來這裡送公文時，維特正好在欣賞那個杯子，因爲和一般的杯子不同，秘書的印象才會那麼深刻。」

「原來如此。其他的部份呢？」

「在飯廳的餐桌上，擺著幾乎全空的餐具。從餐盤上殘留的早餐碎屑，以及廚房裡的殘骸推斷，維特的早餐應該有一份煎肉排和一份歐姆蛋。另一方面，在餐盤的一旁，有個咖啡杯，裡面的咖啡幾乎沒被喝過，杯緣也驗不出唾液。」

「他的最後一餐倒是挺享受。」葉聖昀略做調侃，隨後正色問道：「廚房的狀況呢？有什麼值得注意的嗎？」

「除了做早餐留下的垃圾之外，沒有任何痕跡。」

「那麼廚具呢？」

「廚具？全都放在該放的位置上，像是完全沒用過一樣。」

「屋子裡的衣物呢？有被翻動過的痕跡或其他特殊狀況嗎？」

「只有維特晨浴時換下的睡衣放在洗衣籃，其他沒什麼特別的。」

「是嗎？謝謝妳。請繼續吧。」葉聖昀的嘴角露出了一絲自信的微笑。

「接下來，就是這個謎題的核心了。」女子一本正經地說：「警方在客廳的地面發現一個小型玻璃瓶，瓶子裡裝的正是奪去維特生命的毒藥。發現瓶子的位置，正好對準了遺體的右手。也就是說，這個瓶子很有可能是握在維特手中，而在維特倒下後滾到客廳。」

「這麼說來，維特有可能是自殺囉？」

「不，這不可能。」女子斬釘截鐵地否定，「維特並沒有自殺的理由。事實上，維特的公司最近剛談好一個併購案，案發的隔天正要簽約，一旦這個併購案成立，整間公司的業績將會大幅成長。在這個公司前景一片看好的時候，很難想像維特會自殺。

「也有可能不是公事，而是因爲私事讓他想不開不是嗎？」

「維特的雙親身體健康，週遭的親友也沒有病痛或任何困難，他本身也沒有感情問題，因此不太可能因爲私人因素自殺。」說到這裡，女子話鋒一轉，「事實上，還有一個因素讓警方排除自殺的可能。」

「是那封電子郵件吧？」

「不愧是老師。」女子露出讚賞的眼神，「沒錯，就是那封電子郵件讓警方確信不是自殺。」

「畢竟發信的時間和預估死亡時間相近，如果他眞要自殺，該發給所有人的應該是遺書，而不是延期開會的通知。」葉聖昀分析著，「除此之外，那信中提到延期開會的原因是因爲臨時與人有約，如果這段話屬實，就可以確定維特絕對不是自殺。」

「沒錯，再怎麼說，也很少有人會臨時約其他人到家裡看自己自殺吧。」女子補充。

「這麼說，這是起他殺案件囉？」

「這就是弔詭的地方了。」女子故作神秘地說：「根據警方的調查，這起案件似乎也不能算他殺案件。」

「這有可能嗎？」葉聖昀明顯不信，「判斷的依據是什麼？該不會說這是超自然事件吧？」

「如果是超自然事件也就罷了，偏偏我朋友是不相信超自然事件的那種人。」女子無奈地搖頭，繼續說：「警方這麼判斷的原因很簡單。第一，案發當天早上九點到十點之間，沒有人從公寓大門口進出過，這一點管理員可以作證。第二，警方也調閱過大樓內部、包含電梯的監視器，證實了當天早上八點以後，完全沒有人從維特所在的十五樓上下電梯。也就是說，在案發當時，維特所在的十五樓是一間完全的密室。」

「並不是完全的密室吧？」葉聖昀反駁，「確實，屋內所有對外門窗都被反鎖，案發當時也沒有人使用電梯，但是公寓外側不是有逃生梯嗎？」

「警方當然也想到了這一層，但很可惜，這條路線也是行不通的。」女子再次兩手一攤，「首先，逃生梯上裝設的監視器，警方也徹底確認過了，別說案發當天，接連好幾天都沒有人從逃生梯上到頂樓或離開公寓。第二，案發當天，該棟公寓委託建設公司進行外牆磁磚檢查工程，從早上八點半到下午六點，大樓四周至少各有兩名建設公司的工人進行吊掛作業，而根據工人們的證詞，案發當天沒有人從十五樓的逃生門離開，甚至沒有人出現在逃生梯上。」

「既然如此，工人們有沒有透過窗戶看到什麼跡象呢？」

「這倒是沒有。一方面是他們的上司特別強調不可以隨便張望，畢竟住戶的身分都比較特殊。另一方面，當天客廳的窗簾是拉上的，從外面無法看到屋子裡發生什麼事。」

「話說回來，管理員在進入案發現場時，不是使用了備用鑰匙嗎？」葉聖昀質疑道：「那把備用鑰匙有被偷走的可能嗎？又或者，那把鑰匙是否有可能被複製？」

「可惜的是，這兩個問題答案都是否定的。」女子肯定地回應：「連逃生門的鎖都下了這麼大的工夫，最重要的大門鎖怎麼可能會馬虎呢？這棟公寓的大門門鎖，全都是特製的電子鎖，而且只有當初製作鎖的廠商能夠複製，但程序相當繁複。至於鑰匙的下落，在管理室自然是有所有房間的備用鑰匙，但是，管理室中也有監視器，從監視器得知管理員幾乎沒有離開過管理室，因此要取得管理室內的鑰匙是不可能的。」

「除了管理室的備用鑰匙外，還有其他的鑰匙嗎？」

「每位住戶當然會有一把主鑰匙，除此之外也配有一把備用鑰匙。案發當天，維特的主鑰匙和電梯卡與他的皮夾一起放在臥房。而另一把備用鑰匙則是掛在玄關。」

「掛在玄關？這不是任何訪客都可以拿走嗎？」

「雖然說是掛在玄關，但它掛在玄關最隱密的地方，如果不仔細找而只是走馬看花，根本就不會注意到有鑰匙。啊，之前提過的安全門鑰匙，和維特的主鑰匙放在一起，都在他的臥房裡。」

「這麼說來，『案發當下』確實是完全的密室。」葉聖昀繼續追問：「但是殺人的手法可是毒殺，未必要在案發當下進入現場不是嗎？」

「老師是認爲能將毒藥事先下好，等維特自己吃下去吧？但這條路也是行不通的。」

「理由呢？」

「首先，我剛才說過，殺死維特的毒藥是速效性的毒藥，而經過法醫解剖，維特當天早上只吃了桌上的早餐，並沒有食用其他東西。如果毒藥是下在早餐裡，他根本沒有時間將早餐吃完吧？下在咖啡裡也不可能，那杯咖啡可是完全沒被碰過！最關鍵的證據在於，那間屋子裡，除了裝毒藥的小玻璃瓶外，沒有任何一樣東西驗出毒物反應！」

「原來如此……」葉聖昀低頭沉思，「也就是說，依現場狀況看來，案發當天最有可能的狀況如下：大約九點半左右，某人帶著毒藥造訪維特的公寓，至於是誰先邀約則不清楚。在九點半到十點之間，那名造訪者或強迫、或說服，讓維特喝下毒藥後離開，是這樣嗎？」

「確實是這樣沒錯啦……但是其他的證據都顯示出案發當下沒有任何人進出過這棟公寓。也就是說，如果眞的有這名『謎樣的造訪者』，那麼他是如何進入這棟公寓，又是怎樣離開這棟公寓呢？」

「自殺或他殺……這就是這個謎題眞正的問題嗎？」

「這是其中之一。這道推理謎題主要的問題有兩個：第一，這起案件究竟是自殺還是他殺？第二，如果是他殺，那麼兇手是誰？又是以怎樣的手法完成這起犯罪？」

「還眞是難纏的題目啊……」葉聖昀苦笑，「看來提示就到此爲止了，是嗎？」

沒有口供卻要揪出兇手，確實是相當難纏的題目。

「沒錯，畢竟再提示下去，答案就呼之欲出了嘛！」女子輕笑著說：「我朋友是這麼跟我說的。」

「這就像是某些推理小說在揭開謎底之前，總是會放上的……」

「我知道！」女子興奮地打斷葉聖昀的話，「『給讀者的挑戰書』對吧？作者總是在當中寫了一些莫名奇妙的話之後告訴你：『所有解謎的條件已經備齊，你有辦法解開謎底嗎？』」

「是啊，『給讀者的挑戰書』……確實讓人又愛又恨呢。」葉聖昀露出了懷念的微笑，「我認識一個人——但不是之前提過的警察，那傢伙不看小說的——那個人說過她最討厭的就是推理小說，特別是那種加上『給讀者的挑戰書』的推理小說。」

「爲什麼？我認識的人，包括我自己，都很喜歡這種設計呢！畢竟這讓身爲讀者的我們很有參與感。」

「就是太有參與感了，才會覺得討厭啊！」葉聖昀喝了一口早已冷掉的咖啡，「她看推理小說時，總會想著要和書裡的偵探比高下，所以看到『挑戰書』時就覺得是一種挑釁，但她大多數時候都無法解開謎底，導致書的前半部她都翻到快會背了，後半部卻跟新的沒兩樣。」

「這種人一定很好勝吧？我雖然也很好勝，但沒到這種程度。畢竟看小說本來就是一種放鬆，搞得這麼嚴肅就不好玩了。」

「這次妳猜錯了。」葉聖昀笑著說，「她一點也不好勝，相反的，她的個性相當隨和。但不知道爲什麼，每次一看到推理小說她就性格大變。而且她啊……偏偏又放不下推理小說。」

「對某一項特殊事物有所偏執，可不是什麼好事呢！身爲朋友，你是不是該多勸勸她？」

「生而為人，本來就會對某些事情有所偏執。」葉聖昀淡淡地說：「我的朋友對推理小說偏執，我對歷史有所偏執，而妳的朋友對推理遊戲中的謎題偏執。這些都是一樣的，無所謂好或是不好。有時候，正是因為這樣的偏執，才會產生出意想不到的新思維或是新觀念。」

「偏執未必是壞事啊……雖然聽過這樣的說法，但沒想到會由老師的口中說出來。」女子則以苦笑回應，「感覺上老師應該是很隨和的人，和偏執兩個字應該沾不上邊才對。」

「那是因為妳沒見過研討會上的我。研討會上的我可是被人稱為惡鬼呢！」

「那我是不是該慶幸好險我不是老師的學生？」

「這倒也不必，我對學生還是很寬容的。」葉聖昀又喝了口咖啡，接著說：「雖然說都是偏執，但也有程度上的差異。我自認雖然對歷史有偏執，但這份偏執跟我朋友一比，恐怕就顯得微不足道了。」

「以老師的觀點，我朋友對於謎題的偏執也算強烈吧？」

「那當然。我幾乎以為這是真正的刑事案件呢！」

「這怎麼可能呢？」女子笑著說：「他只是對於小細節特別在意而已，不會去殺人啦！」

「我想也是。」葉聖昀則露出曖昧的微笑，「不過，即使他真的照著這個計畫成功殺了人，我也不會讓他全身而退。」

女子的臉色變了。這一點，即使不是葉聖昀也能看出來。

「老師你的意思是……」女子嚥了口口水，語氣中充滿不可思議與懷疑，「你已經解開這個問題了？」

「是，我解開了。」

「這……這怎麼可能？」

女子臉上的表情顯得相當複雜，讓人搞不清她究竟是欣喜抑或是憤怒，同時挾帶著困惑與崇拜、震驚與不安，並點綴著一絲絲的恐懼。

這樣的表情，讓葉聖昀看得津津有味。他並沒有特殊嗜好，但在這種條件下，這樣的反應或許是葉聖昀所期待的，眞正的正確答案。

這讓他不自覺地露出微笑。

「妳不相信嗎？」

葉聖昀自信的微笑，反而激起了女子的好勝心。

「當然不相信，除非你可以說出確切的理由。」

「這有什麼困難呢？」

葉聖昀拿起咖啡，仰起頭一飲而盡，隨後以左手托著空了的紙杯，開始推理的開場白。

「在歷史學的研究上，有很多事情不能一概而論。同一件事，或者同一個人，從不同的角度，以不同的材料去分析，就會得出不同的結果。」葉聖昀略爲舉起手中的杯子，「就像這個杯子，妳從上面看，從旁邊看，甚至從裡面看，都可以看到它不同的一面。」

「這個道理我懂。」女子對葉聖昀的開場白顯得不耐，「所以這跟這起案件有什麼關係嗎？」

「既然妳懂，那麼何不換個角度分析這個謎題呢？」

葉聖昀一句話，讓女子頓時啞口無言。葉聖昀見狀，接著說：「除此之外，歷史學的研究中還有一個重點，那就是要相信史料，同時也要挖掘史料背後隱藏的眞意。

「《史記．高祖本紀》記載：『劉媼嘗息大澤之陂，夢與神遇。是時雷電晦冥，太公往視，則見蛟龍於其上。已而有身，遂產高祖。』難道漢高祖劉邦眞是神之子嗎？或者是司馬遷以隱晦的手法暗示漢高祖的出身呢？如果我們只單純的相信史料中的文字，歷史學永遠不會進步。

「文字和語言中藏著許多暗示和陷阱，這些暗示和陷阱會隱瞞眞相，引導人們朝著與眞實完全相反的方向走，進而走入死胡同。妳的朋友在這個謎題中，就是利用了這樣的手法。」

「老師的意思是……」女子的表情愈發不可思議。

「解謎的關鍵就在題目中，只是被妳朋友以獨特的語言給隱藏起來罷了。」葉聖昀笑著說。

「老師，拜託你別賣關子了！」女子看來相當焦急，「快告訴我你的推理吧！」

「這個謎題有兩個問題，我照順序一一說明。」葉聖昀略作停頓，「首先第一個問題：死者是自殺或是他殺呢？我的答案是，死者是他殺。理由很簡單，從敘述上來看，死者缺乏自殺的理由，以及有足以殺害死者的兇手。」

「難道就沒有其他的可能嗎？」

「別忘記了，這是個遊戲。」葉聖昀苦笑，「我所做的一切推理，全都取決於謎面的資訊。而提供資訊的人是妳，妳怎麼能反問我有沒有其他可能呢？」

女子一愣，隨後笑著說：「對不起，因爲這個謎題太眞實了，所以我……一時太入迷。不說這個了，既然老師認爲是他殺，那麼一定可以指出確切的犯案手法囉？」

「這是當然。」葉聖昀自信的笑著，開始解說：「這個謎題中，有一個最關鍵的問題。那就是『確切的犯案時間』到底是什麼時候？」

「難道不是早上九點半到十點之間嗎？」

「不。這段時間內，這棟公寓確實固若金湯，是沒有人能夠進出的碉堡。也因此，兇手選擇毒殺，就是爲了替自己爭取到緩衝時間。兇手眞正下毒的時間，遠比死者死亡的時間要早。最晚在早上八點半前就完成犯行，接著只要等死者自己踏入死亡陷阱即可。」

「早上八點半之前？這個時間點，就連死者也還沒起床，兇手究竟要怎麼進入死者的房間？既然無法進入房間，自然就無法下毒不是嗎？」

「這樣吧，我問個問題。」葉聖昀打開咖啡杯的杯蓋，用手指著杯子的裡面，「從我拿到這個杯子開始，直到剛才我才第一次打開杯蓋。那麼，這個杯子爲什麼會裝滿咖啡呢？」

「老師你在說笑話嗎？當然是因爲……」女子說到這裡，臉色頓時一變。

「看來妳了解了。」葉聖昀微笑著說：「並不是兇手該如何潛入的問題，而是犯案前，兇手便在那間屋子裡了。接下來……」

「那個……老師。」女子面有難色地打斷，「我希望你的答案不是什麼雙重人格喔！這種答案算是『自殺』的一種，如果你做的是這種推理，你趁現在做修正還來得及！」

「這也是妳朋友交代的嗎？」葉聖昀語氣雖平，目光卻炯炯有神，「或許是誤會吧，但我覺得妳似乎想把案件往『自殺』這個方向引導呢。」

「是嗎？」接觸到葉聖昀的眼神，女子的表情顯得有些僵硬，「大概是老師你誤會了吧……我對這個問題基本上沒有什麼主觀意見，畢竟我解不開嘛！」

葉聖昀微微一笑，不再針對這個話題多說。但女子卻覺得這簡單的一笑，背後隱藏了許多深意。

「說回解謎吧！」葉聖昀將話題拉回正軌，「由於被害人是住在一個銅牆鐵壁般的堡壘中，而能夠開啓這個銅牆鐵壁的鑰匙並沒有離開過它們的主人，因此只剩下一種可能：那就是被害人在前一天便親自將兇手請進家中，並且留他過夜。而從謎面敘述中可以知道，被害人並沒有與家人同住。同時，我們也可以得到一些資訊，足以證明這名兇手和被害人關係匪淺，甚至有可能是被害人的同居人。」

「有證據可以證明被害人有同居人？我怎麼感覺不出來？」

「就讓我一項一項解釋吧。」葉聖昀緊接著說明：「首先從文面上看，雖然在謎面的敘述上，一直營造出一種被害人是獨居的氣氛，但卻從未直接了當的點明被害人就是單身且獨居。這便是提示。其次，從敘述上來看，身爲一間公司的執行長，維特的作爲有些不合常理。」

「不合理？」女子顯然不解，「我覺得既然是和平常一樣，應該沒有什麼不合理的地方啊！」

「光是『和平常一樣』就相當不合理了。請記住，案發當天對維特而言並不是一個平常的日子。雖然並不十分特別，但和平常總有些不同。」

「難道……是視訊會議！」

「沒錯。尤其這場視訊會議的時間是早上九點四十分，距離維特起床的時間也不過四十分鐘，肯定不是什麼芝麻蒜皮的小事。那麼維特起床之後該做卻沒做的事情是什麼呢？從謎面的敘述上看，可以得知維特從起床到進入飯廳的這二十分鐘之內，並沒有確認行事曆和會議資料。爲什麼維特不需要確認會議資料呢？那是因爲他知道有個人會替他準備好，他只需要走進飯廳，便可以一邊享用早餐，一邊審閱會議資料。」

「這麼說雖有道理，但老師別忘記了，維特的早餐可是要自己做喔！如果要自己做早餐，以時間上來說，他就無法一邊吃早餐一邊看資料了吧！由此可知，老師你的推論是錯的。」

「從謎面敘述中，有證據證明維特自己做早餐嗎？」

「因爲……他獨居啊……」女子一時語塞，反問：「那麼老師你就能舉出證據說明那份早餐不是他自己做的嗎？」

「當然可以。」葉聖昀輕描淡寫地說道：「首先，從字面上來看，謎面敘述很清楚地指出維特進入『飯廳享用早餐』，而不是進入『廚房製作早餐』，這就是提示。」

「這可能只是一時的口誤，不能當作證據喔！」

「妳認爲妳朋友會口誤嗎？說實話，我可不這麼認爲。」葉聖昀淡淡一笑，「就算退一步說，假使那兩個詞眞是口誤，也還有其他的證據能證明那份早餐是由其他人做的。」

「喔？願聞其詳。」

「很簡單，就是廚房裡的廚具，那洗得像是從來沒用過的廚具。」

「這能算是證據嗎？題目一開始就說了，維特可是有輕微潔癖的人喔！」

「沒錯，維特是個有輕微潔癖的人，所以如果他是獨居，他的行爲便會在這裡產生矛盾。」

「矛……矛盾？」

「我不知道妳有沒有下廚的經驗，案發當天，維特所吃的早餐，包括煎肉排與歐姆蛋，都需要使用大量的油，特別是蛋料理，油的份量甚至比一般料理要多。在這種多油的料理環境中，即使再怎麼小心，身上也難免會沾染油煙或油漬，更別提在高溫環境下作業必然地出汗了。既然維特的輕微潔癖使他將廚具刷洗的一塵不染，那麼他接下來必定會做另外一件事……」

「洗澡……把身上的油污汗水一併洗掉……」女子喃喃說道。

「沒錯。但是根據謎面敘述，維特家中只有一套睡衣被擺在洗衣籃中，這表示維特當天早上只有洗過一次澡。那麼，維特難道是做完早餐之後才去洗澡嗎？但這就和謎面開頭的敘述矛盾了，所以不可能。

「那麼，是否維特其實洗過兩次澡，而第二次換下的衣物被兇手偷偷藏起了呢？這也不可能，一來，兇手沒有隱瞞維特洗兩次澡的動機；二來，留著這套衣服反而能讓警方確信維特獨居的事實，所以兇手寧願再丟一套衣服，也不可能將衣服藏起來。至此，我可以判斷，維特當天的早餐不是維特親手所做，而是他人製作。

「而維特願意讓這名『他人』對自己家的廚房任意擺佈，可見維特對這個人相當信任，再加上他願意讓這個人在家裡過夜，而這個人也會幫維特製作早餐與整理資料，這樣的舉動，若沒有主從關係，便只剩下同居人這個答案了吧？」

「但是，警方的搜查報告中並沒有提到維特有同居人不是嗎？」女子不服氣地反問：「況且，就算維特眞的有同居人，難道兇手就是這名同居人嗎？如果是，那麼他又該怎麼逃離現場？別忘了，案發當天，一直到秘書出現爲止，沒有人搭乘電梯到十五樓喔！」

「這三個問題，第二個問題的回答是：沒錯，兇手就是被害人的同居人。而第一個問題的答案和第三個問題的答案，兩者間有著密切的關連。」

「但我才說過了，如果維特眞的有同居人，爲什麼警方查不出來呢？照理來說，如果長期同居，那麼在那間屋子裡應該或多或少會留下一些證據吧？」

「呃……確實，我相信在這棟大樓裡，一定可以找到他們同居的痕跡。」葉聖昀略作停頓，「但並不是在案發現場的屋子裡。」

女子的臉色再變，訝異中透露著一絲驚恐。而那份驚恐究竟是來自葉聖昀的話語，或是更深層的原因，葉聖昀無暇、也暫時不想探究。

「即使想到了維特有同居人，大概也不容易想到這一層。」葉聖昀繼續說：「因爲從頭到尾，事件的焦點都集中在案發的那間屋子，卻忽略了這間屋子只不過是整棟大樓中的一間。只是從兇手對維特家中瞭若指掌看來，或許是雙方輪流到對方家過夜，只是較多時間是在同居人那邊……」

「等……等一下！」女子急忙打斷，「老師，這說不過去吧？這應該也算是一種『詭辯』了不是嗎？」

「但若是這個論點成立，那麼所有問題都能迎刃而解。」葉聖昀的口氣異常堅定，「兇手是怎麼離開現場呢？對外人而言，這棟大樓確實是銅牆鐵壁，但對鐵壁內的人而言，這棟大樓等於毫不設防！兇手在佈置完一切之後，離開維特位於十五樓的住宅，但他並沒有走向電梯，因爲他要避開電梯內外的監視器。所以他轉向另一條通道──逃生梯。」

「但是逃生梯的出口處也設有監視器不是嗎？」

「兇手不需要離開公寓。」葉聖昀說：「他只需要利用逃生梯回到自己所住的樓層就可以了。」

「但是緊急出口的鎖……」女子還沒問完，便馬上察覺這個問題毫無意義。

「看來妳也察覺了。既然是自己住的樓層，那麼當然會有該層樓的緊急出口鑰匙。若我推測正確，兇手的住屋和維特家是同一側。也就是說，兇手不費吹灰之力，利用鐵壁內居民的身分，在鐵壁內部來去自如，而且完全躲過那些專門爲外人設計的防盜措施。」

「但……爲什麼老師會認爲兇手住在不同層呢？就算要避人耳目，住在同一層樓在見面上不是更方便嗎？」

「就是爲了要避人耳目才要分住在不同層啊！」葉聖昀笑著說：「妳想想，兇手和維特之間的關係爲什麼沒有人發現呢？如果他們住在同一層樓，不管是同進同出，亦或是其中一人頻繁地走向另一邊，不都會被監視器拍下嗎？但若是分住不同樓層就不會有這種困擾，即使出門的時間不小心碰在一起，也只會認爲是偶然。要會面的時候也不難，只要使用這次犯案時的手法，利用逃生梯來到對方所在的樓層，再請對方從內側開門就好。就因爲如此，這段同居關係才能隱瞞的這麼徹底。」

「但是……老師你沒有證據不是嗎？」女子看來有些動搖，「再說，假設眞如老師所推測，那麼兇手又是誰呢？」

「兇手是誰？」葉聖昀笑了笑，「我相信妳應該早就明白了吧！妳應該也可以從謎面敘述中，看出兇手住在這棟大樓的關鍵不是嗎？」

女子沉默不語，對葉聖昀的反問不做任何回應，卻也沒有更多表情訊息可供判讀。

於是葉聖昀只好自己解答，但他不以爲忤。

「根據謎面敘述，有一個人在進入公寓時，只和管理員打了招呼，並沒有填寫訪客記錄。

「這個人並沒有向管理員索取電梯的公用磁卡，便直接搭乘電梯到維特所在的十五樓。

「這個人在發現狀況不對勁後，直接以電話聯絡管理室，而不是親自下樓，表示他相當熟悉管理室的電話。

「這個人知道大樓當天早上八點半以後要進行磁磚檢查工程，所以刻意選在當天進行計畫，讓自己的不在場證明更加穩固。

「這個人常替晚進或不進辦公室的維特整理文件或信件，因此有機會取得維特的電子信箱帳號與密碼，進而利用維特的信箱發信給一級主管。

「更重要的是，這個人在犯案後，利用自己的職務，爭取到十分鐘的時間，再次打開密室，處理掉那些重要的證據。雖說不知是否刻意，但謎面並沒有提及現場出現過當天的會議文件，想必是被那個人給收拾掉了。

「除此之外，那個人相當清楚維特家中的佈置。因此，他在早上離開時帶走備份鑰匙，下午利用備份鑰匙進入現場收拾證據後，和管理員第三度踏入現場時，趁亂將鑰匙掛回原處。

「而且，也是他告訴警方維特家中唯一的財物損失。」

說到這裡，葉聖昀又一次停了下來。女子也不催促，以平靜的表情靜候葉聖昀說出那最後的名字。

「兇手，也是維特的同居人，就是他的秘書。」

葉聖昀以極平淡的語氣說出了真兇，兩人間頓時陷入沉默。

「很精采的推理。」女子微笑著說：「但還有最重要的一點沒有說明。」

「我知道，妳是想問凶器沒錯吧？」

「沒錯，在現場除了裝毒藥的小瓶子之外，並沒有發現其他有毒物反應的物品。」女子充滿自信地挑戰葉聖昀推理的漏洞，「根據老師的推理，兇手是在早上八點半以前離開現場，那麼他要怎麼讓維特在一小時後喝下瓶子裡的毒藥呢？」

「雖然有騙他是維他命之類藥物的作法，但我想那個瓶子只是障眼法。真正的凶器，大概還是咖啡吧。」

葉聖昀立即，且輕描淡寫的回應，彷彿女子的問題早已寫在教科書上，自己只須照著唸出來。

「但桌上那杯咖啡可是完全沒被動過喔！難道老師要說維特沒喝下半滴咖啡卻被咖啡給毒死嗎？」

「當然不是。」葉聖昀又一次拿起早已空了的咖啡紙杯，「說到咖啡，其實也有分很多種類吧！姑且不論烘焙法和產地、品種的問題，在義式咖啡中，光是沖調方式就有不同的變化。比方說，我喝的這杯咖啡是榛果那堤，除此之外，還有一般人所熟知的焦糖瑪奇朵、卡布奇諾、摩卡等等。」

「這個我知道，但這和案件有關係嗎？」

「那麼，妳應該也知道濃縮咖啡，也就是所謂的Espresso吧？」

儘管動作輕微，但葉聖昀清楚觀察到女子倒抽了一口氣。

「Espresso一般來說份量較少，差不多是一口可以喝完的量。雖然苦味較重，但也有不少人喜將它一口喝下。而這剛好也解釋了爲什麼維特家唯一的財物損失是個小杯子，因爲那個杯子正是裝著下了毒的Espresso，在那間屋子裡『唯二』能驗出毒物反應的東西。」

「老師的意思是說……」

「杯子在那十分鐘之內被兇手處理掉了吧。」

「但放了一小時以上的冷咖啡，維特還有可能會喝嗎？」

「我想不會，但其實只要在杯子內側下好毒後擺在咖啡機附近，或者保險點加張字條，都足以誘使生活規律的維特親自泡出送自己上路的凶器。而紙條之類的東西，只要在那爭取到的十分鐘之內收拾掉即可。」

「順帶一提，後來在案發現場的咖啡，應該是兇手在上班時間另外沖泡，下午進入現場時再裝進杯子。之所以泡了滿滿一杯，大概是爲了避免警方查不到杯子上的唾液，同時也可以讓人誤以爲服毒時間是在吃完早餐和喝咖啡之間。

「至此，推理結束。」

葉聖昀朝上方輕吐一口氣，窗外的風雪已明顯小了許多，從過境室可以發現機場跑道又再次熱鬧了起來。

想來不論是自己或女子的飛機距登機時間都不遠了。葉聖昀想著。那麼，有些需要確認的事情就該盡快確認。

女子恢復一開始那高深莫測的表情，看上去像是在沉思，卻又看不透她內心的想法。

「老師的推理眞的很有趣，而且幾乎無懈可擊。」沉思之後，女子帶著微笑，一開口便是讚揚。

「妳過獎了。」葉聖昀則禮貌性地回應：「如果這是眞正的刑事案件，我恐怕得親自跑一趟現場才能安心。但這畢竟是『遊戲』，所以只能拿出這樣的推理，讓妳見笑了。」

「不，我相信這是正確答案。我從南美回來之後就將老師的推理告訴他吧！不過他大概會很沮喪吧，畢竟又失敗了。」

「失敗嗎……」葉聖昀喃喃念著，隨後說：「不說這個了，我倒是有兩個問題想要請問小姐。」

「哦？遊戲結束了，老師卻依然有問題嗎？」

「是啊。」葉聖昀笑了一笑，「我想問的第一個問題是，爲什麼妳可以回答我在遊戲中提出的任何問題呢？」

「這很奇怪嗎？」女子一臉困惑，顯然不明白葉聖昀這個問題的意義。

「人的記憶會隨著時間流逝而模糊，從妳聽到這個謎題到現在，想必也過了一定的時間，除非妳的記憶力超群，或者妳在飛機上不停反覆咀嚼妳朋友的每一句話，再不然，就是妳曾經以比文字更令人印象深刻的方式，將這個謎題深深印在妳的腦海中。」

「就當我記憶力驚人這樣不行嗎？」

女子淺淺一笑，讓葉聖昀覺得她一定曾用這個笑容迷倒很多人。

「當然不行，因爲這並不能回答我的問題。」葉聖昀的語氣則依然堅定，「我說過，妳能回答我在謎題中的『任何』問題，但以『轉述』爲前提的狀況下，除非妳的思維模式和我完全相同，否則妳應該無法完整地回答出我所問的任何問題，畢竟每個人的思考方式各不相同。

「妳曾說過，這個問題是妳『無法解答』的問題，這句話可解釋爲『妳曾經思考過，但卻失敗了。』以此爲前提，妳的敘述便應該帶有妳思考的痕跡，妳會在敘述上強調妳重視的點，忽略妳不重視的線索。但整個謎面的敘述不但完整，而且幾乎沒有任何人爲思考後的因素參雜其中，而顯得相對客觀。除非妳聽過謎題後完全沒有思考，要不然便是另一種可能。

「而前者，顯然與前提互相矛盾。」

女子靜靜地聽完葉聖昀的推論，臉上笑容不減，平淡地說：「老師還眞是多疑，居然連這種事也能懷疑。」

「抱歉，身爲歷史學者，本來就該不停懷疑所有的史料。畢竟在歷史學上，所謂『可信的史料』，充其量不過是『尚未被推翻的史料』。」

「但就算我現在對老師隨便說個理由搪塞過去，你也不會知道吧？」

「我可以把這句話當成默認嗎？」

女子聳了聳肩，不可置否。

「那麼，最後一個問題。」

葉聖昀深吸一口氣，凝重地問道：「妳到底是誰？」

「現在才問這個問題，不會嫌太晚嗎？」

女子臉上的笑容更深了，同時，機場內響起登機訊息的廣播，那是飛往南美的班機。

「只要妳願意回答，就不會太晚。」葉聖昀說。

但她終究沒有回答，只是站了起來，整理服飾與確認行李後，簡單說了句：「我的飛機要準備登機了，希望有機會能再見！」

「話說回來……」葉聖昀刻意提高音量，「雖然是打雜，但依工作內容的不同，執行長秘書也可以算是在公司裡舉足輕重的人物呢！」

「是嗎？老師的答案往往都能切中核心，這次又是如何呢？」

女子沒有回頭，只淡淡地丟下這句話後，頭也不回地離開過境室。

葉聖昀則苦笑了一下，望著女子離去的背影淹沒在機場的人群中。

【入圍感言】

這個故事本是為了寫成劇本產生的。

我幾乎可以想像，在小小的黑盒子裡，排設著簡單的布景，溫和淳厚又充滿自信的副教授，與神祕女子在簡單的燈光下一來一往的畫面。

可惜，我還來不及完成她，就得先下臺一鞠躬。

我還能回去嗎？我不知道。但總為這個未能完成的故事感到扼腕，心想著總有一天要將她完成。懷抱著這樣的想法，來到去年（二〇一三）十二月。

有鑒於過去慘痛的投稿紀錄，加上當時實在稱不上「有空」，因此本沒有打算投稿。但轉念一想，不如將心中一直掛念著的作品換個形式寫下來吧！即使陪榜也好，總是了了自己的一樁心事。

儘管中途發生很多莫名的突發狀況，差點趕不上截止

【作者簡介】

霞月，畢業於國立臺灣正常大學，卻不太正常，目前正在踐踏國家幼苗。

全身以百分之三十三的妄想、百分之三十三的武俠、百分之三十三的推理，以及百分之一的歷史組成，可惜最後那個才是本業。

順帶一題，這是自校園文學獎以來第一次進入決選。

日期，幸好最後的成品不算太差，讓我有機會在這裡大放厥辭。感謝一路以來在噗浪上聽我抱怨今天進度又不夠的朋友們，感謝正咩學長、榕英姊姊和四十大大在我徵求志願者時義不容辭，也感謝評審們的青睞，讓拙作得以付梓。

但我依舊期待著，這個故事在舞臺上被搬演的那一天……

意外計畫

一

離開桃園國際機場已經是接近傍晚五點了，搭乘客運到臺中應該還不到八點吧？還趕得上約定的時間。

我坐在客運上，想著離開臺灣這二年，在美國這個陌生的地方攻讀自己的第二個碩士學位。今年順利取得學位的我，最近也拿到外商公司「D.C.」不錯的offer，得以回到臺灣工作。

當時一同出國的女友，因爲分隔東西兩地的關係，總是聚少離多，記得年初的時候，我們還爲此常常吵架。直到前一陣子，她意外發現我們有了愛的結晶，事情有了重大的轉變——她毅然放棄還沒取得的碩士學位，決定和我一起回到臺灣完成終身大事。

只不過……當看似所有的辛苦都要有了結果的時候，在回國的前幾天，Facebook上收到的那封留言，卻讓我感到些許不安……

回國的前幾天晚上，剛與比我早些日子回到臺灣的女友通完電話，我趁著睡前的空檔上網瀏覽網頁消磨時間。大抵就是看看即時新聞、收收信件這類的事。約有一個禮拜沒上Facebook的我，也順道連上Facebook關心一下朋友的動態。

熟悉的Facebook介面顯示著好幾則動態消息。上禮拜我po了即將回國，向大家道別的貼文，也獲得幾個朋友在下面按「讚」，寫下祝福我一路順風、期待有緣再見之類的留言，但吸引我注意的，卻是朋友邀請及訊息圖示上顯示的新訊息。

我點下訊息icon，彈出「你是曾文哲？聽說你要回國了，可以見個面嗎？」的簡短留言。Facebook上的訊息，以及加入朋友的邀請都來自同一人，照片上的他其實沒變太多，依舊是憂鬱小生的模樣。

我一眼就能認出——曾經很熟悉的大學死黨，李武慶。

車子開上高速公路沒多久，天色就漸漸轉暗。我試著閉目養神，但也許是時差的關係，怎樣都難以入眠。算算現在美東時間天才剛亮，應該是要打起精神的時候，但從車窗映射出的我卻是眉頭深鎖，滿臉疲憊的神情。

Facebook流行起來約莫是這幾年的事，而我大概是去年底才申請帳號，沒什麼特別的原因，只是覺得不需要也用不到吧，雖然周遭的使用者愈來愈多，朋友間的聯絡方式除了手機之外，就是Facebook，但這對我來說並不會造成太大的困擾。

直到爲了回到臺灣後，還能跟這裡認識的朋友保持聯繫，我才勉爲其難地申請了帳號，現在朋友數也不過四十多個，而且大多是在美國認識的朋友。

曾經有新聞報導有人因爲使用Facebook而找到失聯多年的老同學、舊情人，但也許是因爲我使用的是英文名字，自己也沒有刻意去搜尋朋友，甚至連申請的電子信箱都是極少使用的，所以從沒遇過這樣的事情。

也因此，當我在Facebook看到那則訊息的時候，瞬間閃過的並不是老友重逢的喜悅，反而是一種打從心裡發毛的不安……

李武慶是我大學最好的朋友。至少在我出國前，或者在那個意外發生前，一直都是，像是。

還記得大一初次見面是在宿舍的寢室裡，我是在新生報到的最後一天晚上才到宿舍，當時的他正坐在原本該是我床鋪的地方，拿著一把吉他自彈自唱，十足憂鬱小生的模樣，旁邊則圍了幾個女同學，十足花癡的模樣。

我大概站在寢室門口約有十分鐘之久吧，才終於有人發現我的存在。

當時我的穿著還是個鄉下小孩的窮酸樣，一手提著厚重的棉被，一手拿著枕頭，背上揹著裝著一堆日常生活用品，幾乎快被撐爆的舊背包，就這樣冒然闖入他的小型演唱會。當所有人都呆呆地看著我的時候，只有他開口問起我的來歷。

當他知道我是他的室友，以及他正占據我的床鋪後，連忙說著抱歉，然後即興自彈自唱了費玉清的《晚安曲》打發眾人離開，並動手幫我整理行李，帶我熟悉這個陌生的環境。

也許是因爲長得帥，又有才華，加上幽默風趣的個性，李武慶很快就成了系上的風雲人物。因爲同寢室的關係，我和他很快就混得很熟，成了同進同出的死黨。

我們一起打球、打線上遊戲、吃飯、聯誼、翹課，過著糜爛的大學生活。因爲有他，讓比較怕生的我，更容易與其他人打成一片。

李武慶在大一的時候就跟班上的班花魏庭萱交往，據說讓當時不少暗戀他的女孩傷心欲絕；而我則是老想著高射炮，默默喜歡李武慶大二的直屬學姐傅芷芸。

我的直屬學長因爲轉系，加上家族的關係並不密切，幾乎沒什麼聯繫。當時留著一頭俐落短髮，有著一對可愛虎牙，但個性卻有點迷糊的傅芷芸學姐知道後，就主動把我納入照顧的行列，邀請我參加他們家族大大小小的活動、聚餐。

會喜歡她，是因爲大一剛開學沒幾天，我就在校門口的大馬路上被紅燈右轉的轎車撞到左小腿骨折，在醫院躺了一段時間，那時李武慶及學姐都曾抽空探望。有時是他們兩個一起、有時是各自前來。有一次我跟學姐抱怨醫院的伙食太差，她竟然就自告奮勇地說要幫我準備晚餐。

那是一個既甜蜜又恐怖的經驗。

學姐帶來的有時是看起來很像咖哩飯的炒飯；有時是看似味噌湯的混濁雞湯；有時是被稱爲壽司，但比較接近貼了海苔的飯糰等諸如此類味道詭異、不堪回首的食物。

在行動不便的情況下，我總是得祈禱吃完眼前的食物，不會讓我跑整夜的廁所。

儘管如此，晚餐那段兩人獨處的短暫時光，由於有學姐的陪伴，雖然肚子怪怪的，心頭卻是暖暖的。

若眞要說李武慶有什麼缺點的話，大概就是花心吧。他與每任女友交往的時間都不長，劈腿的時間倒是頗長。

至少在他認識「徐子曼」以前，一直是如此。

大二的時候，我和他及他的弟弟李武志在校外租了一間公寓同住。他弟念的是學校的資工系，長得跟他很像，但個性卻天差地遠，平常話不多，但總能切中命題，就跟大多數人對理工人的印象一樣，熱衷於動漫及電腦遊戲。

他的另一項專長是網路駭客，不過態度很低調，對於入侵網站這種事，據說只是爲了實驗方法的可行性，滿足自我的成就感。他哥說他是一個很怕麻煩的人，要是爲了駭入某個網站而招惹到警察或調查局，他才懶得做。

直到大四下那年，他爲了幫忘了選通識課、但是學分還不夠的李武慶，入侵學校選課系統選了幾堂可以補眠的通識課，我才親眼見識到他的功力。

我和李武慶的友誼開始變質是在大三下的時候，當時的他已經不知道換了幾任女友。

那天是二月剛開學沒多久某個涼爽的下午，我和他們兄弟倆正在客廳的電視機前玩格鬥遊戲《KOF》。

我跟李武慶已連輸給他弟十幾場，他正與他弟殺得不可開交的時候，他的手機響了起來。

「阿哲，幫我接一下！」他雙眼盯著電視，雙手拿著搖桿，試圖閃避他弟的連續攻擊，頭也沒回地對我大喊。

正在觀戰的我從沙發一角拿起他的手機，螢幕上顯示傅芷芸學姊的名字。

「喂，你直屬學姐找你。」我說。但李武慶依然頭也不回，專注於遊戲畫面，沒有任何反應。

看他沒什麼反應，我按下通話鍵。

「喂。」

「慶，眞的懷孕了……」

手機裡傳來學姐纖細無力的聲音，以及讓我難以理解的話語……

那夜我和他大吵了一架，因爲他竟然跟學姐發生關係，甚至還讓她懷孕了！

除了不滿他不打算爲這件事情負責，想要讓學姐墮胎了事外，更氣的是學姊竟當了第三者，早已和他偷偷交往半年多，而我卻一無所知，還傻傻、默默地喜歡著她。

這份不甘、不解、悲傷、怨恨，當時的我根本無處宣洩，只能把憤怒往他的身上倒。

李武慶不懂爲何我會發這麼大的脾氣，因爲類似的事情過去也曾發生過，我頂多也只是勸他兩句，要他多帶幾個保險套而已。

男生的吵架通常很快，大概就幾句髒話之後，轉身甩門離開，但這件事卻在彼此心裡都留下了疙瘩。

在那之後，直到畢業，我和他就只是還能談個正經事的朋友，少了那份自在的默契；而學姐也在事發後沒多久就辦理休學，從此沒了消息。

畢業之後，我考上了研究所，李武慶則是選擇投入公職考試。據說他因爲脊椎曾動過大手術，不用服兵役，一畢業就蹲補習班，成了全職考生。

因爲目標不同，儘管我們都還留在臺中，我和他卻就此斷了聯繫——直到遇到了「徐子曼」。

據徐子曼的說法，大概是她跟李武慶交往約三個月以後的事情。

徐子曼是我的援交對象。

第一次見面，是我碩士畢業正在服兵役的時候，那時的她才剛從大學畢業，在保險業服務，因爲缺錢才下海兼差。

當時的我，一眼就被她冷豔的外表所吸引：那是一種冷漠、卻又難以抗拒的吸引力。

由於彼此性趣相投，後來又陸陸續續約了幾次見面，變成了床伴關係。熟稔之後，才知道她有個男朋友，而那個男朋友，正是李武慶。

她與李武慶是在醫院認識的。

李武慶當時因爲考試的過程很不順利，總是以些微差距落榜，因壓力太大而到精神科求診，在那裡認識了因爲失眠困擾而就醫的徐子曼。

徐子曼是個非常特別的女人，她總是以冷冷的態度武裝自己，但其實在她冷漠的外表背後，是個古靈精怪卻又缺乏安全感的女孩。個性上，對每件事情都有她獨到的見解，又不失其可愛的一面；但生活上，卻是個需要長時間陪伴及照顧的小女生。

後來我才知道，徐子曼是在家暴陰影下長大的小孩，父母親都是毒販，弟弟是智障，她和弟弟從小就飽受虐待，小三的時候就被社工安置到機構。她的母親在她國中的時候因吸毒過量而死，父親則是因吸毒欠下大筆債務，早已不知去向。從高中開始，她就是靠著半工半讀完成學業。

在極度缺乏愛的成長環境下，讓她總是四處尋求依靠，剛巧在那時候遇到了正處於人生低潮的李武慶。

我想李武慶就是被她那樣的特質及過去所吸引，即使是像他那樣的情場老手，在遭受一連串考試的挫敗之下，徐子曼就是他唯一的浮木；唯一還願意陪著他，讓他覺得還能保有自尊的人。

人總是邪惡的，徐子曼的出現，讓我想到了報復李武慶的方法，儘管傅芷芸學姐的事情早已在我記憶裡慢慢淡化，但妒火卻從來沒有熄滅過。

我故意讓徐子曼約他出來，然後跟他在路上來一個不期而遇。老朋友嘛，見了面總是會敘敘舊，順便介紹身邊的女伴，如此我便可以順理成章認識徐子曼。

那一次見面，讓我發現李武慶大學時代的光環消失了，他不再是那個積極樂觀、幽默風趣、才氣縱橫的李武慶。儘管外表及穿著都沒有多大的改變，但從言談間就可感受到，那時的他是意志消沉，甚至還有些憤世嫉俗。唯一還能說嘴的，就是身邊那位在他人生低潮的時候，還願意陪伴著他的女朋友。

我故意假裝和李武慶盡釋前嫌，當一個關心他的好朋友，鼓勵他繼續努力，不要輕易放棄，背後卻時常約徐子曼出來，在好幾個他埋頭苦讀的深夜，與她在床上翻雲覆雨，搞得她欲仙欲死……

意外發生的前二天，我和徐子曼在她的租屋處爲了我們的關係吵得不可開交。

當時我因爲申請留學成功，準備要到美國唸書。雖然這個消息徐子曼早已知道，但長期的床伴關係，卻讓她不知不覺喜歡上我。

儘管我已隱約感受到徐子曼對我的好感，但那時的我，才剛與現任女友黃伊繪交往沒多久，準備一起出國。她的父親是D.C.企業的董事，因爲她的幫忙，才讓現在的我有機會進入公司任職，與徐子曼的床伴關係一定不能被她發現，當然也就不可能繼續下去了……

那晚我向徐子曼提出結束這段關係的要求，但她爲了留住我，不但表示已和李武慶提出分手，甚至還向他坦承了我們的關係，苦苦哀求要我留下，只是事情早已沒有轉圜的餘地……

經過大吵後，好不容易才說服她的我，在出發的前一天晚上，我們約好見最後一次面，在結束這段關係之前，瘋狂做愛，然後收拾、離開。

那場火災，起因是電線走火，意外燒死了還在睡夢中的徐子曼，幸運地讓這段不正常的關係解了套。

印象中當天的晚報只是簡短報導「霧峰區某處民宅凌晨發生大火，燒死了還在睡夢中的徐姓女子，警方初步勘驗，疑為電線走火釀災」寥寥幾行文字。

但是……我知道這是李武慶精心策劃的結果，卻讓我幸運逃過一劫。那天晚上發生的事情，成爲永遠埋藏在我心中的秘密……

我想，這就是李武慶會找我的原因。

車子在要下中港交流道時回堵了約有二公里，花了一點時間才順利駛進中港路，這時天空已經完全籠罩在黑暗中。

我把伊繪從臺灣寄給我的手機開機，原想撥通電話給她報平安，但旋即想到自己等會兒還不知道是否會平安呢？我把手機收進口袋，循著燈火在夜色中尋找熟悉的景色，只是似乎這二年中港路附近已改變太多，在這樣異常燦爛的夜空下，一切卻已感覺不再熟悉……

Facebook上的訊息讓我在那天晚上輾轉難眠，反覆思考著文字背後的意義。

隔天，我把他加入好友，試探性地回給他一封訊息，「好久不見，確實是最近會回去喔，可是還有蠻多事要忙的耶，有什麼事嗎？」

沒多久就接到他的回覆，「你知道小曼的事嗎？我想還是當面說比較好。」

李武慶毫不掩飾他的來意，是想辯解什麼？想殺了我？威脅我？還是……

不安的想法在我心底縈繞不去。我觀察他的Facebook動態，發現幾乎超過半年的時間未曾更新，顯然這次出現是針對我而來。

爲了解除我心中的疑慮，我陸續在Facebook上跟他交換了幾次訊息，敲定回國當天約在臺中新光三越三樓的星巴克碰面。

百貨公司人潮很多，至少不會是個下手殺人的好地方。

車子抵達新光三越的時候大概才七點三十分，我拖著行李在擁擠的人潮中穿梭，好不容易才到達約定的地點。

星巴克人潮不多，我在櫃檯點了一杯美式咖啡，然後選擇坐在離出口較近的位置，懷著忐忑不安的心情，靜靜等候李武慶的到來。

然而，就在我坐定不久，出現在我眼前的，卻是令我意想不到的人——李武志。

二

一個月前。

臺中醫院第二醫療大樓五〇三病房第二床。

李武慶虛弱地躺在病床上，雙眼無神直視前方。

罹患白血病，也就是俗稱「血癌」的他，經過多次的化療，已被摧殘得不成人形。不僅頭髮掉光，身體異常瘦弱，就連外貌也因爲施打過多的抗生素而有很大的改變，早已不復昔日風采。

突然間，他開始喃喃自語……

「不是我……對不起，是我害的……爲什麼？對不起……」

「哥，你還好吧？」李武志從旁邊的躺椅起身，輕輕搖晃他。

李武慶的眼神自恍惚中慢慢聚焦。

「這是哪裡？」他略帶驚恐地說。

「是醫院。」李武志答完，接著又問：「做惡夢嗎？」

「不是，是眞的。」李武慶的表情已恢復平靜，將頭轉向另一邊，若有所思地說。

這已經不知道是李武慶第幾次發生這樣的狀況了。從住院治療開始，他就時常出現幻聽、幻覺，分不清現實與虛幻，甚至是時空錯亂的現象。

雖然醫師表示有些白血病患者確實會併發精神障礙，也針對李武慶的病況調整用藥，但狀況並未明顯改善。

有時候李武慶也會像現在這樣出現精神異常的狀況，有時喃喃自語，有時胡言亂語，好不容易將他拉回現實後，接著便是若有所思的沉默。

李武志曾試著問他到底看到或夢到什麼，但李武慶多半只是搖搖頭，沒有更多回應。

李武慶在三個月前因爲出現發燒、畏寒等類似感冒的症狀而到小診所看病。起初以爲是感冒，但症狀總是時好時壞，後來因爲常常鼻血不止才轉到大醫院做更詳盡的檢查，想不到這一檢查的結果就是在醫院躺到現在。

這已經是李武慶第二次接受化療了。第一次的療程效果不佳，但已讓他正值壯年的身體退化到猶如七十歲的老人，而這一次化療的結果目前看來仍沒有什麼起色。醫師在上禮拜告知李武慶骨髓比對不成功，雖然沒有多說什麼，但李武慶很清楚這句話背後的涵義——他的身體早就告訴他了。

最近他常想起「徐子曼」，有時候並不是想，而是好像活生生在他眼前一樣。

她會帶著親手做的便當，中午的時候到圖書館找他，然後他們會一起到附近的公園裡吃午餐，開心聊著各種生活瑣事；只是下一幕，她又會突然開始哭泣，指著他說：「爲什麼要這麼做？爲什麼？爲什麼？……」一次又一次反覆說著。他只能不停地道歉、不停地道歉，但那樣的聲音，卻愈來愈巨大、愈來愈巨大，大到他喘不過氣來……

有時候，徐子曼會沉睡在火場裡，他試著叫她、搖她、拍她，卻怎麼也叫不醒，眼看他們即將被大火吞噬，他只好想辦法背起她，一起逃離火場；然而，當他終於好不容易將她背起來的時候，耳後總是會傳來一陣「一起吧，一起吧，好嗎？……我們、一起、死吧……呵呵呵呵……」的絮語呢喃。當他回頭一看，就會看見緊閉雙眼的徐子曼，紅潤的雙唇卻不自然地一開一闔說著那些話，接著愈笑愈大聲……愈笑愈大聲……

好幾次他幾乎已經分辨不出虛幻與現實，特別是最近幾天又更加地嚴重，好像那些虛幻的影像、聲音、感覺，正一點一滴啃蝕著他的腦袋，有一天就會取代他的記憶，成爲眞正的眞實一樣。

嚴格說起來，徐子曼在他交往的對象裡，並不是最漂亮的，也不是最體貼的，甚至有一些缺點，是他完全無法接受的。

只是李武慶自己也不明白爲什麼會那麼愛她，所以當徐子曼向他提分手的時候，他所感受到的並不是失去什麼的哀傷；而是一種停止的感覺，那種感覺，近乎死亡，像是他的生命裡，有某種理所當然的東西突然停止不動，而且是再也不會動了一樣。

徐子曼提出的分手理由，他早就知道，只是一直隱忍不說。以前總是可以毫不在乎遊戲花叢的他，卻在那一刻第一次體會到那種傷痛，甚至讓他做出無法挽回的事情。

那場意外，他始終不曾對別人透露過隻字片語，也一直說服自己那眞的只是場意外；只是最近，當他又一次這麼問自己的時候，答案卻已變得不是那麼肯定；又或者說，答案其實已經更加肯定了……

「阿志……哥曾經殺過人……」李武慶在一陣沉默後，突然轉過頭說。

「什麼？」李武志以為自己沒聽清楚，又問了一遍。

「哥知道自己這次可能回不了家了，那件事，哥從來沒對別人提起過；不過現在不說，也許以後就沒機會說了。」李武慶不理會弟弟的問話，接著說。

李武志沒有回話，他知道哥哥的病情，也不善於安慰別人。

「還記得徐子曼嗎？哥的女朋友。」

李武志點點頭，但想不出她跟「殺人」有何關聯。

「哥殺了她……」李武慶不帶任何表情，就像每次得知自己落榜後的模樣。

李武志隱約記得徐子曼是死於一場大火，後來哥哥還因此被警方約談釐清案情。印象中調查結果最後是以電線走火導致火災結案。

「記不記得那時候哥因為懷疑小曼出軌，請你幫我寫一個可以遠端遙控別人電腦的木馬？」李武慶接著說。

李武志點點頭。他記得當時哥哥確實有跟他提過這件事，說是想要入侵小曼的電腦找證據。

當時他寫的木馬程式並不能直接躲過防火牆，需要多繞好幾次路徑才可能成功入侵，並不是一般人就可以輕易使用，但李武慶表示沒關係，因為他可以直接從她的電腦植入。

李武志想想也是，既然可以直接從電腦植入，就不必教他繁瑣的程序，只要讓他知道基本的操作方式就行了。雖然偷窺別人隱私是件很不道德的事，但把入侵別人電腦當成家常便飯的李武志壓根沒想這麼多，稍微修改了一下程式，沒多加考慮就借給他。

「哥那時確實找到證據了喔，她竟然跟曾文哲上床，眞想不到會被最好的朋友跟女友背叛，這滋味眞的是不好受啊……」李武慶長嘆一口氣，許久才接著說：「我本來以爲只要考上公務員就能讓小曼回心轉意，一直隱忍著默不作聲，想不到她後來竟然跟我提了分手……」

李武志依然保持沉默，他需要一段時間消化這些話。

「我其實沒想殺死他們的，只是想嚇嚇他們，結果卻害死了小曼……」李武慶皺起眉頭，露出懊悔的表情。

「哥，你的意思是，那場火災不是意外？」李武志帶著滿腹疑惑，首度開口。

「不是，當然不是，是我故意讓電線走火的！」他聲音略爲激動，「我知道小曼家裡有二條延長線，其中一條延長線接著電腦跟很多電器產品，沒有安全開關，大概因爲太老舊了，每次拔插頭時還會冒火花；另一條較新的則有安全開關，接著開飲機跟電風扇，有一次插上吹風機的時候剛好開飲機正在煮水，安全開關還因此跳掉。」

他嚥了嚥口水，接著說：「分手之後，我就計畫著要報復他們，隔天就藉口去她那拿回我的東西，然後偷偷把開飲機的插頭轉插到老舊延長線那邊；再隔一天就在小曼的ＭＳＮ對話中發現曾文哲要去找他，大概晚上十二點左右，我就利用木馬程式讓她電腦的CPU高速運轉，只要開飲機開始煮水，延長線負載的電量就有可能超過負荷，引起電線走火。我原以為沒辦法一次成功，想不到就這麼順利引發火災……」

李武志難以相信哥哥竟為了一個女人，利用自己寫的程式做出殺人的蠢事，一時之間也不知該如何回應，只是茫然看著他。

「我常在想……得這個病，大概是我的報應吧……」李武慶自嘲，笑得十分苦澀。

「哥，事情都過去了，不要再想這麼多了……」李武志不知該怎麼回應，只能握住哥哥的手，勉強擠出隻字片語，試著安慰他。

李武慶沒有理會他，接著說：「只是有一件事我不明白，警方說小曼體內有安眠藥殘留，可能是造成她來不及逃脫的原因，但是安眠藥對小曼有很嚴重的副作用啊，早就停藥很久了，怎麼會……」

「副作用？」

「吃完隔天會有頭暈、想吐的副作用，所以後來小曼看精神科其實是在做心理治療。」

「會不會是想吞安眠藥自殺？雖然致死劑量很高，但還是會有人以為想死的時候多吃幾顆就行了，警方有提到殘留量的問題嗎？」

「沒有。」

「如果是這樣，那天她是跟文哲學長一起，看起來也就只有文哲學長有可能這麼做了吧？你沒把這個訊息跟警方說嗎？」

「沒有……當時我太害怕了，怕說了之後警方朝他殺方向偵辦，所以我說了謊，說小曼一直有在吃安眠藥。」

「如果是文哲學長的話……那哥知道他爲什麼要這麼做嗎？」

「我也不知道，聽說他隔天就出國了，也許那天晚上還有發生什麼事吧？要是沒有吃安眠藥，也許小曼就可以逃過一劫了吧……」李武慶感嘆道，似乎對他所犯的過錯懊悔不已。

李武志沒有回話，思考了一會兒才接著說：『哥，不要想那麼多了，不一定是你的錯；也許說出來會讓你覺得好一點，但我覺得這樣就夠了。」

李武慶微微點頭，像是鬆了一口氣，但依然眉頭深鎖，若有所思地再次把視線移向遠方。

只可惜他們後來沒能再繼續討論這個話題，因爲一個禮拜之後，李武慶就因爲黴菌感染死於多重器官衰竭。

三

李武志將機車停放在一棟老舊建築的門口，然後拿出一本小冊子，盯著門牌號碼再次確認地址。

據說這裡從前是眷村，隨著時間推移，人口慢慢外移，現在看起來大概只剩幾戶人家，大多數的房子都是沒有人住的空屋。

李武志眼前的房子是一棟二樓透天的雙併建築，位於狹小巷弄的尾端，外牆沒有上漆，仍是維持水泥原有的暗灰色，前門搭有遮雨棚，隔出約可停三臺機車的空地，再往前才是約五米寬的道路，後面則是緊鄰著約三米寬的道路就是稻田。

從門口的門把上夾雜著一堆廣告傳單，一眼就能看出這裡已很久沒有住人。李武志順手翻了翻傳單內容，終於在某張化妝品型錄上看到「徐子曼」的名字。

確認自己沒找錯後，他嘗試拉了拉門把——鎖著。

意料中的事，因為大門左側就貼著一張紅紙，雖然已有點褪色，但仍可辨識上面寫著大大的「售」字。李武志再次拿出小冊子，抄下了連絡電話。

在正門看不出任何異常的地方，他接著走到隔壁，同樣是門前積了厚厚的灰塵，外觀上看起來似乎更為老舊，顯然也是久無人居。最後他繞了半圈走到後門，抬頭一看，終於從二樓窗外牆壁焦黑的現象發現起火的地點。

李武慶的喪禮辦得簡單而莊重，李武志把所有的工作全權委由葬儀社來處理，希望哥哥能趕快入土為安。

說起來，他們兄弟倆的感情並不特別好，雖然大學的時候是住在一起，但因為個性上的差異，加上所念科系不同，彼此生活圈並沒有太大的交集。李武慶的個性熱情而外放，外頭的朋友很多，感情世界也很精彩；而李武志則較爲沉穩而內斂，不善交際，喜歡獨來獨往。

李武慶交過不少女朋友，但時間都不長，對李武志來說，徐子曼算是他比較有印象的女生之一。他們交往的那段期間，李武志曾看過她幾次，那時候李武慶雖然變得比較開朗一點，但因爲徐子曼捉摸不定的個性，也讓他的情緒起伏變得很大，老是疑神疑鬼。

李武志就曾好幾次聽到他們在房內大聲爭吵的聲音，但一直以來因爲自己彆扭的個性，從來不曾跟他深談過。

在整理李武慶遺物的時候，李武志在他的書桌最下層抽屜裡發現了幾張剪報，內容都是跟二年前的那場大火有關。但各家報紙大概都是參考相同的新聞稿，報導內容大同小異。

其中一篇的地方版標題寫著「疑電線走火，一人不幸葬身火窟」，報導內容爲「霧峰區一座老舊房舍昨日凌晨發生火警，消防局雖然在半小時內就將火勢控制住，但仍造成一名徐姓女保險業務員命喪火場。警方初步調查，疑為不當使用延長線導致電線走火，但火災發生的原因是否真的是電線走火所引起，一切都還在調查當中。」

光看報導內容其實看不出什麼端倪，但從李武慶蒐集的資料裡沒有後續報導，就知道記者並不特別重視這則新聞，儘管警方曾找李武慶去問話，不過看樣子也未再深入調查，就這麼草草結案。

對李武志來說，儘管不能否認哥哥的殺人意圖，但當時在聽李武慶說完事發經過的時候，他就覺得有哪個地方不太對勁，只是還來不及跟他說明自己懷疑的地方，李武慶就因爲黴菌感染而入住加護病房，最後還帶著那樣的悔恨離去，讓李武志心裡一直有個疙瘩揮之不去。

也許是自己的好奇心、也許是想爲死去的哥哥做些什麼，在報紙內容沒有任何可參考的資訊下，李武志在哥哥的後事處理完後，便開始著手調查這件事。他先從哥哥的電腦檔案裡找出有徐子曼房間的照片，並從幾張不同拍攝角度的照片中推測當時房內的擺設。

由照片比對的結果可看出房間基本上格局大致方正，門內空間左寬右窄。進門後，左手邊擺著一個四層櫃，接著是一張雙人床；右邊底部是斜放電視櫃及舊型映像管電視，對牆依序是ＯＡ辦公電腦桌及電腦，比窗戶稍高的單門鐵櫃及鐵櫃上的開飲機，窗戶在電腦及開飲機之間，插座位置約在窗戶下方。因爲照片內看不到延長線的插座，但看電線的走勢，猜測應該是放在電腦螢幕及開飲機後方。

了解房內擺設後，爲了親眼確認心中的疑慮，李武志又從哥哥的電腦檔案裡搜尋徐子曼租屋的地點，終於在過濾了好幾封電子郵件後，才從一封購物中心信件中的會員資料找到徐子曼的租屋地址，輾轉來到這棟老舊建築之下。

「看來還是要進屋才能確認起火位置啊……」李武志抬頭看著二樓焦黑的牆壁喃喃自語。

儘管如此，但距案發當時已經過約二年的時間，原本不抱期待能留下多少線索的他，但現場看來幾乎沒什麼改變，已經讓他覺得非常幸運。

他用手機撥打紅紙上的電話，鈴聲在他以爲要被轉入語音信箱前才被接起來。電話那頭的聲音感覺是個中年女性。當李武志向她說明地址的時候，她花了一點時間思考，接著才用過於熱情到讓人不舒服的聲音向李武志表示可以馬上趕到。

李武志掛了電話後，在等待這段時間靠在房屋後牆，繼續思考這幾天整理的資訊。

李武慶的電腦裡除了照片以外，還意外保留了當時木馬程式的監控記錄。李武志在檢視這些記錄的時候，發現徐子曼除了喜歡逛各大網拍、部落格外，還會瀏覽某些色情網站及論壇，甚至還留有幾筆疑似援交的記錄，然而這些事情李武慶卻對他隻字未提。

李武志有點後悔當時借給哥哥木馬程式，要是他沒有去揭開這赤裸裸的眞相，也許就不會有當初那些瘋狂的舉動了。只是，他沒辦法判斷「什麼都不知道」與「什麼都知道」哪一種會比較幸福？如今，當他試著去了解眞相時，是否也正在爲某人帶來不幸？

徐子曼最後一天的監控記錄曾登入信箱及瀏覽南部某家教養院的網頁，時間是晚上九點多，而在十點二十八分的時候，徐子曼的MSN上陸續傳來曾文哲的二則訊息。

「怎麼不接我電話？」

「有東西忘了拿，等等去妳那裡，先掰。」

這大概就是李武慶看到曾文哲要到徐子曼那裡的訊息。訊息只說要到她那裡拿東西，但沒說會待多久，所以曾文哲在那裡做了什麼？以及離開的時間點，應該就是整件事情的關鍵了。

李武志繼續追查徐子曼爲何會特別瀏覽那家教養院網頁的原因，最後在網頁的捐款徵信中看到了徐子曼的名字，她幾乎每個月都會固定捐款給這家機構，每次大概五千到一萬元不等。這個舉動讓他頗爲好奇，但感覺和起火原因無直接關係，他打算暫時不理會這個問題，先調查起火原因。

永信房屋的李太太在接到電話後半個小時才趕到現場。

她看起來大約五十多歲，身材略顯矮胖，燙了一個半屏山的詭異髮型，臉上的濃妝遮蓋不了歲月的痕跡，搭配黑白相間的套裝，看起來像是融化了一半的巧克力聖代，有種讓人感到噁心的厭惡感。

「李先生看起來好年輕啊，在哪高就呀？看你這樣應該是科技新貴吧？打算自住還是投資啊？跟你說，你眼光眞好，這棟房子絕對是物超所值，雖然發生過火災，賣相不好，但這個地段好，離市區只要二十分鐘，你買下來打掉重蓋一樣是賺！」

她在遞上名片後，先是一段毫無根據的稱讚，接著又故作神秘湊近說：「偷偷跟你說，屋主長年在國外，不知道臺灣的房價，你要是想買，我給你的價格保證不到行情的六折，眞的是買到賺到！」

李武志最受不了這種沒技巧的過度推銷手法，但爲了確認起火地點，只能一臉無奈的說：「可以開門讓我看看裡面嗎？」

「好，好，沒問題！這裡雖然發生過火災，不過東西都已經清掉了，你不打算重蓋的話，把二樓漆一下一樣很漂亮！」她看李武志似乎是要自住的樣子，換個方式遊說。

李太太費了一番功夫才打開生鏽的鐵門，進屋後，又開始絮絮叨叨唸個沒完。

「一樓是客廳，你看空間很寬敞吧！後面是廚房，這裡還有……」

但李武志根本沒用心聽，他在意的是剛剛她所說的「東西都已經清掉了」那句話。

「跟你說，這房子雖然屋齡不小了，但那時的用料很好，九二一地震的時候都沒倒，你看，牆壁連一條裂縫也沒有，哪像現在的房子，偷工減料的一堆喔。看，這浴室裡還有這種大浴缸，現在眞的很少見了啦……」

眼看李太太的介紹一時還看不到盡頭，李武志只好趕緊打斷她說：「我上二樓看看。」不等李太太回應，就頭也不回地往二樓走。

二樓左右兩邊各有一間房，其中一間靠前門的比較小間，另一間靠後門的則是事發地點。李武志瞄了一眼就直接走進後面那個房間，只是房內確如李太太所說，早已空空如也，只剩火燒的痕跡。

「聽說是電線走火啦……不過還好，雖然現在看起來不太好看，但其實只要漆一下就跟新的一樣了，這間……」李武志前腳才剛踏進來沒多久，李太太就像蒼蠅一樣跟上來，繼續對著李武志疲勞轟炸。

李武志仔細觀察燒焦痕跡，發現燒熔最嚴重的地方在靠窗的那面牆。火舌大概是沿著左窗往上竄燒，起火點應該是靠近鐵櫃後方，也就是開飲機擺放的位置附近，但從照片上來看，老舊延長線的位置應該是在電腦附近才對。

爲何會有這樣的差異？

依據牆面燒痕分布狀況及外牆燒黑位置，推測當時應該是開著左窗，起火後引燃窗簾，窗簾燒落後引燃其他物品造成大火。

他接著推開左窗，依據窗臺鋁片軌道燒焦的程度，判斷當時窗戶大概打開約十公分，火舌就是從這裡竄出。右邊外側的窗戶及紗窗無燒熔的情況，窗臺鋁片也沒有燒焦的痕跡，進一步證明他的推論。只可惜房內所有的物品都被清空，雖然依據地板的色差可以大致了解屋內大型傢俱擺設位置如照片拍攝，但無法得知擺在上面的物件是否有被移動，難以再深入調查。

窗外的風景很美，可以看到一整片結穗的稻田，打開窗戶後，初夏的涼風暫時掃去房內怪異的霉味。李武志一面吹風，一面思考整起事件的來龍去脈。遺憾的是在所剩線索不多的情況下，他還是找不到任何證據來支持他的想法。

「李先生、李先生，看這麼久是有沒有考慮要買？」李太太打斷李武志的思緒，一邊揮手驅趕剛才飛進來的蒼蠅，滿臉不悅地喊道。

李武志這時才會過神來，眼看被一隻蒼蠅圍繞的李太太，因爲炎熱的天氣讓臉上的妝開始「掉漆」，活像是一坨……，他強忍笑意說：「抱歉，沒有。」

李太太露出職業笑容說：「這樣啊，沒關係，您回去再考慮看看。不好意思，我等一下還有客人，我們可以走了嗎？」她說完隨即轉身準備下樓，卻又小聲嘀碎了一句：「不想買還浪費我那麼多時間。」

「喔，好。」雖然剛才聲音很小，不過李武志可是聽得一清二楚，但他反而覺得鬆了一口氣，因為終於可以擺脫這個聒噪的女人。

最重要的線索只能查到起火原因確實是電線走火，跟李武慶的敘述沒有太大的差異，儘管起火點的位置與想像中的似乎有些差異，卻無法拼湊出更多訊息，讓李武志感到有點洩氣。

回到家簡單用完晚餐後，他轉而去查徐子曼常捐款的那間教養院和她的關係，希望能獲得更多訊息。

這類的網站大多防護功能都很差，李武志沒花多少時間，很輕易就進入網站的後臺。

幸運的是，這間教養院的個案管理系統和網站綁在一起，他從後端院生的個案記錄裡查到徐子曼原來還有一個中度智障的弟弟，叫做「徐子傑」。

根據個案記錄裡顯示的內容，徐子曼大概每個月都會到教養院探望弟弟，順便捐款。

她會常常瀏覽這個網站大概也是這個原因吧？只是雖然查到了徐子曼跟教養院的關係，事情依然沒有進展。

李武志頹然坐在房內，腦袋一面整理這幾天調查的收穫，一面思考著事發那天晚上，徐子曼與曾文哲到底發生了什麼事？她是如何服下安眠藥？起火點的問題？還有他一開始所疑惑的——電線走火的詭計，在沒有經過測試的情況下，是否真能如此順利執行？

他試著假設幾種可能的狀況，腦海裡浮現幾個事發經過的雛形，只不過還是無法排除任何可能性。在所有被牽扯到整個事件的人之中，他唯獨對「徐子曼」這個女孩還是相當陌生；於是，他決定隔天到南部那間教養院一趟，期盼藉此可以獲得更多的訊息。

那間教養院位於臺南偏遠的郊區，李武志一早起床便打電話跟教養院聯繫，電話經過總機轉接後，由一位蔡姓社工接聽。

李武志假裝是徐子曼的好友，表示最近才得知她過世的消息，想關心她弟弟的生活近況。對方聽完後，友善表示歡迎他的到來。

掛完電話，李武志隨即從臺中搭火車南下，接著又轉乘計程車，到達教養院的時候，已經接近中午的用餐時間了。

門口警衛在他表明來意後，撥了一通內線電話，便指引他往行政大樓方向。他在會客大廳待了一會兒，才有一個紮著馬尾，穿著粉色襯衫、藍色牛仔褲的年輕女孩從裡面走出來。

「李先生，不好意思，現在剛好是孩子們的用餐時間，可能要請你稍坐一下。」她露出靦腆的笑容，表情滿是歉意。

「沒、沒關係，妳是蔡社工嗎？不好意思，是我來的時間不對。」李武志連忙回答。他對可愛的女孩沒什麼抵抗力，特別是對方還紮著馬尾的時候。

「嗯，你好，我叫蔡佳雯，是子傑的社工，聽說你是徐小姐的朋友，怎麼會想來看子傑？」蔡社工好奇地問。

「嗯，我跟子曼認識很久了，但這幾年都待在國外，最近回國才聽到子曼過世的消息，記得她還有一個弟弟，因爲過幾天又要出國了，想說趁著這個機會關心他過得好不好？」李武志繼續圓他的謊。

「唉，徐小姐的事我們聽到也是很震驚，她倆一直以來都相依爲命，她幾乎每個月都會來看子傑一次，出事前一天她才剛來過，想不到竟然會發生那種事……」蔡社工感嘆道。

「你跟她一定是很好的朋友吧？可以冒昧請教你跟她的關係是……」蔡社工似乎對他的身份仍抱有懷疑，冷不防提出疑問。

「呃……其實是前男友啦，只是不知道是多前就是了。」李武志對這個問題早有準備，搔搔頭，假裝尷尬。

「啊！眞是不好意思，問你這麼尷尬的問題。」蔡社工感到有點困窘，滿臉通紅地吐了吐舌頭。

「沒關係啦，都過去的事了，別在意。是說子曼過世的事情，有讓她弟弟知道嗎？」李武志差點被她可愛的表情所吸引，趕忙拉回話題。

「我們沒有明確告訴他耶，只跟他說姊姊到很遠的地方，暫時不能來看他。」蔡社工神情轉爲憐惜，接著說：「唉，這孩子到現在還會問說姊姊何時會來看他……」

「這樣啊，那她弟弟的照顧費用會不會有問題？」李武志接著問。

「這方面李先生倒是不用擔心，政府有補助部分費用，他姊姊也有留給他一筆保險金，足以支付他往後的生活。」蔡社工回答。

「那我就放心了。可惜沒能見到子曼最後一面，不知道她之前過得好不好？她有跟妳提過她的生活嗎？」

蔡社工歪著頭想了一會兒才說：「沒有耶，她來這裡多半是關心子傑的狀況，很少提及她的私事，我們也不會特別過問，只知道她從小就是自己一個人靠著半工半讀維持生計，是一個很堅強的女孩。」

「她都是一個人來的嗎？」

「嗯，都是一個人喔。」

「那除了她之外，還有人會來看徐子傑嗎？」

「沒有耶，這幾年來都只有徐小姐會來看他。」

李武志接著又問了幾個關於徐子傑在教養院的生活狀況，掩飾他對徐子曼的過度關注。

蔡社工很熱心地在午餐過後帶他見了徐子傑一面，讓李武志了解他的生活環境。看到徐子傑似乎早已習慣這裡的生活，讓李武志稍感安心。在離開前，他以李武慶的名義捐給教養院一筆十萬元的捐款，當作是對失去姊姊的徐子傑一點點小小的補償。

返家之後，李武志再次整理這兩天所獲得的資訊，漸漸有了整起事件大致的輪廓，但要還原事情的眞相，證明他的推論無誤，還是得找出「曾文哲」這最後一張拼圖才行。

他打開電腦，開始他最拿手的工作……

四

「李武志……怎麼會是你？你哥呢？」我帶著滿腹疑惑，開口提問。

「學長，好久不見，我哥他過世了，一個月前因爲白血病，是我找你出來的。」李武志把手中的咖啡放在桌上，自顧地坐了下來。

「你的意思是……在Facebook找我的人是你？還有，你剛說你哥過世了？到底是怎麼一回事？」

我對他剛才的回答感到詫異，腦袋一片混亂。

「我剛剛說啦，我哥因爲白血病過世了，而找你出來的人是我。」李武志把剛才的話再說了一次。

「爲什麼要這麼做？」我不懂李武志爲何要假冒他哥，難不成小曼的死也和他有關？

「徐子曼的事，還有你跟哥還有她的關係，哥在生病的時候都告訴我了。我猜要是你知道一些隱情，用哥的身份約你，你才會願意出來，畢竟那是屬於你們三個人的秘密。」李武志稍作停頓，看了看我，接著說：「人是我哥殺的，那不是意外。」

「你…你是說徐子曼是武慶殺的？」我假裝驚訝。

「你其實知道吧？你去找她的時候，她睡著了不是嗎？」李武志接著說。

「我不知道你在說什麼？」我故意裝作聽不懂。

「哥在臨終前很想爲了他犯的錯做一些彌補，所以我假藉他的名義找你出來，一方面是想釐清事發經過，一方面是想給你和徐小姐一些補償。」李武志邊說邊從包包拿出一包牛皮紙袋放在桌上。

我看那牛皮紙袋大概B4大小，略有厚度，看起來不像紙鈔，但光看外觀實在很難判斷裡面放了什麼。

「我聽不懂你在說什麼，補償就不必了。」我輕啜一口咖啡，故做鎮定。

「我知道這讓你很爲難，但請幫我哥完成遺願吧！」李武志態度轉爲懇求，接著說：「我哥在給徐子曼吃下安眠藥的時候，看到了你傳來的MSN對話，他原本打算連你一起殺的，但是沒有成功。這二年來，他的身心始終飽受煎熬，他最後在病榻上曾對我說，他對你，還有徐小姐，其實一直有很深的愧疚……」

李武志這麼一說讓我有點意外。李武慶死了，卻從他弟弟口中說出了事情的經過，而且他還想彌補我什麼，怎麼會是這種結果？

「怎麼……唉，原來他眞的都告訴你了……」我嘆了口氣。

「哥說你後來有去找徐小姐，看來學長當時並沒有待很久。」

「嗯，我把手錶忘在她家了，到那裡的時候子曼就一直呈現昏睡狀態，我雖然覺得有點奇怪，不過還是拿了手錶就走。」

我只陳述了部份事實，其實我一直待在那裡，直到事情發生。

「學長怎麼知道那場意外是我哥做的？」

「因爲事發的前一天，也就是你哥跟子曼分手的隔天，我到她那裡，她的延長線就曾莫名的冒白煙，她當時還說：『奇怪，開飲機的插頭怎麼會插到這裡來？』，而那天，就只有你哥跟我到過她的房間，我隱約感覺到這其實是你哥的報復行爲。後來你哥大概發現沒有成功，隔天才又如法炮製一次吧？」

李武志似乎很專心聽著，看起來像是在思考什麼，沒多久，他露出意味深遠的微笑，說：「原來如此，看來跟我想的差不多啊。」

他的這個動作卻讓我感到很不舒服。

「總之，事情都已經過去了。你幫我釐清了疑惑，我也不打算追究什麼，希望你哥可以入土爲安。」李武志的微笑不知爲何讓我想要早早結束對話，趕快離開這裡。

「請等一下！」我作勢要起身，卻被李武志喊住。

「怎麼了嗎？」我露出不耐煩的表情。

「根據剛剛學長的說法，徐小姐的死可能不是那麼單純喲！」李武志依然是剛才那個微笑的表情，非常討厭！

「你到底想說什麼？」我怒道。

「學長先別生氣，根據剛剛你的說法，還有我所查到的資料，徐小姐其實是自殺的。」李武志突然推翻剛才自己的說法。

「你在說什麼？」我強忍怒意，但又想聽聽看這個一直在故弄玄虛的傢伙，葫蘆裡賣的是什麼藥？

「因爲我哥是用遠端遙控電腦的，根本沒去徐小姐家，更不可能餵她安眠藥，既然你到場的時候，徐小姐已經昏睡，那就代表安眠藥是她自己服下的。」

「不可能！子曼對安眠藥有嚴重的副作用，不可能自己去吃安眠藥；而且剛不是你說是你哥給徐子曼服下安眠藥的嗎？」我反駁。

「你說的副作用是隔天醒來會頭暈、想吐吧？」李武志說完，看我的反應不置可否，接著說：

「那如果是她已經不打算醒來了呢？」

「這沒道理啊，那她又爲何要配合你哥的計畫，裝成是意外死亡的樣子？」

「我哥的計畫在被你們發現的時候就已經失敗了，但既然你都隱約感受到我哥的意圖，與他更親近的徐小姐會感受不到嗎？我猜她也早就知道是誰幹的了，只是默不作聲。」李武志停頓了一下，看似在觀察我的表情，接著繼續說：「學長，雖然徐小姐跟我哥提分手是爲了你，但我想你也沒打算跟她在一起吧？我猜也許是突然間頓失所有的依靠，當她知道一切再也無法挽回的時候，讓她有了想死的念頭吧？」

我沒答話，不想被他看穿什麼。

「也許她曾考慮過自殺，但卻想到她還有一個智能障礙的弟弟住在教養院，爲了讓弟弟未來的生活無虞，她必須裝成意外死亡的樣子，才能領到高額的保險金。我查過徐小姐在進保險公司時，才剛保了一份壽險，而壽險在投保二年內自殺是不能獲得理賠的，這點從事保險業她一定非常清楚，而我哥的計畫，正好可以達成她的目的。」

「那都是你的猜測吧？搞不好你哥根本沒對你說出實情。」雖然他的推論看似很合情合理，但我卻不以爲然。

「沒錯，所以我才會約你出來，釐清事發的經過。我一直覺得哥的計畫有一個很大的風險，因爲他不知道延長線已經負載了多少電量，想要依靠開飲機煮水時的高電流及電腦高速運轉的情況下，讓電力超過負荷，進而走火，本來就很難控制，甚至有可能不會發生。事實上，就如學長剛才所說，電線走火的事情反而提前發生了。」

「所以李武慶才會像你所說的，再次去找子曼讓她服下安眠藥不是嗎？否則他怎麼會知道子曼有吃安眠藥？」

「一開始的說詞是我騙你的。」李武志露出狡猾的笑容，接著說：「我哥是因爲警方驗出徐小姐體內有安眠藥成分，找他去問話，才知道徐小姐有吃安眠藥的。他知道安眠藥對徐小姐有很嚴重的副作用，所以不可能自行服用，反而一直懷疑是不是你做的。」

「原來你在套我話！」我感到非常困窘，竟然被這傢伙擺了一道。

「我猜事發當天學長去了徐小姐她家二次吧？第一次大概是去收拾東西什麼的，不過既然會把手錶遺忘在那裡，可能也有……洗澡？」李武志挑眉試探性地詢問，看我沒有任何反應，接著說：「你走之後，確定一切已無法挽回的徐小姐開始她的意外計畫。爲了避免火災發生時她會受不了而逃跑，先服下安眠藥，然後再使用原本就很危險的延長線，想讓電線再次走火。接著，就是你去她家拿手錶時，正巧遇到已經昏睡的她了……」

「隨你怎麼說，如果這樣會讓你跟你哥好過一點，那就這樣吧，我還有事，要先走了。」李武志幾乎猜中所有的事情，彷彿能看透人心似的，我內心的不安告訴我得趕快離開這裡。

「學長……其實一直待到火災發生吧？而且，還做了點手腳引燃火苗……」李武志沒理會我說的話，收起笑容質問。

「你到底在說什麼？」我大怒。

「火場我去過了，幸運的是現場幾乎被完整保留。看起來引燃火苗的是窗簾，因爲窗戶打開的關係，風吹窗簾蓋住了也許是已經開始冒煙的延長線，也許是正在燃燒但火勢卻不大的火苗，才迅速引發大火。」

「那跟我有什麼關係?」我大聲反駁。

「重點就在打開的窗戶,」李武志頓了頓,說:「它開的是沒有紗窗的那一邊。」

他說完停了一會兒,才又接著說:「要是依照我哥原本的計畫,也許有可能順利引發大火,但由於先前的走火,爲了讓電腦可以繼續使用,徐小姐把新舊延長線互換位置,把新延長線給電腦使用,舊延長線則是到計畫前才拿出來用。只是很奇怪,現場起火點的位置上開著窗,但開的卻是沒紗窗的那邊。正常人爲了防止蚊蟲飛入,開窗的那邊都會把紗窗移過來擋著,特別是在蚊蟲特多的鄉下,但實際情況竟然沒有,因爲紗窗幾乎沒有被燒焦或燻黑的痕跡,顯然是有人擔心火勢燒不起來,爲了讓火苗順利延燒,配合起火點,才故意打開原本應該是關著的左窗,讓風可以吹動窗簾,故意或自然引燃火苗,卻沒注意到紗窗這個問題。」

該死!那天我到子曼那裡發現她已昏睡的時候,下意識就覺得奇怪,沒多久,便聽到她的電腦風扇莫名開始高速運轉的聲音,直覺是李武慶再次搞鬼。

我一直很擔心子曼會將我跟她的關係告訴伊綸,不知哪來的想法竟希望他的計畫能夠成功,便一直待在那裡等待大火燒起。

雖然延長線沒多久就開始冒白煙,但當時起火點附近根本沒什麼助燃物,電線只產生一點星火,所以我才打開窗戶假裝是風吹窗簾蓋住電線,直到引燃火源,想不到連這件事都被他發現了。

我突然覺得心跳加速，甚至感到額頭開始冒汗，這傢伙完全是故意的，我竟然被他要得團團轉！明明殺人的是李武慶，我只是幫他完成而已，怎麼搞得好像都是我的錯一樣！

我從眼角餘光偷瞄李武志的眼神，他的神情看似已捕捉到我剛才瞬間的猶豫。儘管如此，我還是強忍情緒，不動聲色說：「眞是有趣的推論，你有什麼證據嗎？」

「很可惜，沒有。」李武志抿抿嘴，像洩了氣的皮球，態度瞬間軟化。

我鬆了一口氣，還以爲自己偷偷動手腳的事被他掌握了什麼決定性的證據，還好只是虛驚一場。

「呵呵，可惜了你的精彩論述，我眞的是拿了手錶就走，不知道你到底在說什麼？」

「學長現在正在跟D.C.董事的女兒黃伊繪交往吧？不好意思，爲了找到你，順手查到一些相關的資料。」李武志專注搖晃手上的咖啡，莫名突然轉換話題。

「是又怎樣？你別想拿她來威脅我，她不會相信你所說的。」經過剛才的教訓，我知道得更加提防眼前這個傢伙。

「學長你誤會了，不好意思，剛剛的推論冒犯了您，請別在意。之前說要給你的補償就是這份資料，相信對你的未來會很有幫助。」李武志放下咖啡，邊說邊把一開始就拿出來的牛皮紙袋推到我這邊。

看他態度一百八十度轉變，更讓我覺得很不自在。我不耐接過袋子，探了一下袋口，發現裡面是一疊用印表機印出的圖片。

我把它抽出來仔細一看，內容竟是……伊繪…對…老外…口交…的…照片？

我一張接著一張，看到伊繪含著老外的陰莖，露出淫蕩的表情，下體被插入，眼神迷濛，各種性愛姿勢都有，有些甚至沒有帶套，一張張不堪入目的照片掠過眼前，下面標註的圖檔資訊，時間點正好是我們交往期間，而且對象不只一個……

我感覺到自己心跳得很快、呼吸愈來愈急促、顫抖的雙手無法停止地將照片一張翻過一張，腦袋閃過在美國那段期間，我常常因爲她的莫名消失而生氣，有時候是接連幾天都不接電話，有時候是約好了見面卻又臨時變卦；她總是抱怨我不夠體貼，不能同理她的壓力與焦慮，好幾次我們爲了這些事情爭吵，幾乎到了要分手的地步，直到她說懷了我的孩子……

忽然間，有人拍了我的肩，我抬頭一看，李武志已經站在我的面前。

我竟沒發現他已經站起來了……

他低下頭，湊到我耳邊，用一種堅毅而緩慢的口吻輕聲說：「有時候不去揭開眞相，只是想保留它的善果；你可以用任何理由說服自己，但你的惡意已用另一種形式對你反噬……不用謝我了。」說完，沒等我反應過來，隨即往出口走去。

怎麼會……怎麼會這樣……我頹然坐在椅子上，手中緊握著那疊照片，混亂的思緒讓我完全無法思考。

就在這個時候，放在口袋的手機突然響了起來，我慌忙掏出手機，螢幕上顯示的——是「伊繪」的名字……

【入圍感言】

遙想大學剛畢業時曾在ＢＢＳ上發表幾篇與推理無關的小說，隨著無名小站ＢＢＳ關站及工作因素而停筆，近幾年則是一頭栽進推理小說的世界，重拾寫作的慾望。

「意外計畫」是我第一篇結構完整的推理小說，概念來自於家中接著開飲機的舊延長線安全開關偶爾會跳掉（後來就換新延長線了），謎團則是寫作過程中經過幾度修改才完成，相信架構還有不夠周延的地方，感謝評審的厚愛，以及協會提供這麼棒的寫作舞臺，作品能入圍決選，對於第一次投稿的我是莫大的鼓勵，往後也會持續在推理文壇上筆耕，期許有一天能寫出讓自己及讀者都滿意的作品。

【作者簡介】

張乃玓，１９８１年生，地球人。畢業於東海大學社工系，有個很難唸的名字，通常存在感很低。因為常搞不清楚歐美語系推理小說人物的名字，所以偏好日系推理小說。閒著沒事的時候就會閱讀，但閒著沒事的時間很少。創作的時候常做惡夢，對於長篇寫作有困難，仍希望有朝一日能出版一本完全屬於自己的小說。

第十二屆台灣推理作家協會徵文獎　準決選評審會議

（會議內容涉及作品劇情關鍵，請斟酌是否閱讀）

評審成員：

1. 路那（會議主持人）
2. 冷言
3. 謎熊（不克參與，由路那代為陳述意見）
4. 冬陽（不克參與，由路那代為陳述意見）
5. 胡杰

記錄：天地無限

複選入圍作品（共十三篇，數字為來稿順序編號）

001〈重複出現的男人〉

004〈環形罪犯〉

008〈謎題告別式〉

010〈意外計畫〉

011〈愚者進行曲〉
012〈怪物〉
026〈殉情之夢〉
027〈蜀先主遺詔〉
033〈山婆假燒金〉
034〈ETC殺人事件〉
035〈桐花山莊殺人事件〉
040〈推理遊戲〉
043〈平安夜的賓館總是客滿〉

路那：這次的評審會議是要選出入圍決選的作品。稍後的評選過程中，先請各位評審進行第一輪投票，「同意」或「不同意」該篇作品入選。如果某篇作品有過半評審不推薦，那我們就先剔除不討論，最後總結時再給予意見。

第一階段推選作品

001〈重複出現的男人〉：胡杰
004〈環形罪犯〉：冬陽、胡杰
008〈謎題告別式〉：路那、謎熊、冬陽

010〈意外計畫〉：路那、謎熊
011〈愚者進行曲〉：路那、冷言
012〈怪物〉
026〈殉情之夢〉
027〈蜀先主遺詔〉
033〈山婆假燒金〉：路那、冷言、冬陽、胡杰
034〈ETC殺人事件〉：路那、謎熊、冬陽、胡杰
035〈桐花山莊殺人事件〉：謎熊、冬陽
040〈推理遊戲〉：路那、謎熊、冬陽、胡杰
043〈平安夜的賓館總是客滿〉：路那、冷言、謎熊、冬陽

（在第一階段評選中，已經有〈山婆假燒金〉、〈ETC殺人事件〉、〈推理遊戲〉、〈平安夜的賓館總是客滿〉四篇各獲四票篤定入圍，評審再依來稿順序逐篇討論。因篇幅所限，此處僅節選本書收錄之作品，完整的準決選評審內容請連上「台灣推理作家協會」官網觀看http://blog.roodo.com/taiwanmystery）

010〈意外計畫〉

胡杰：我覺得篇名不夠吸引人，謎團跟詭計也不是很耀眼。最後有一個轉折：男主角跟同學的弟弟（偵探）碰面，最後偵探丟了未婚妻的不雅照給男主角，讓男主角深感震撼的設計。其實這男主角本身也是亂七八糟的，個人覺得用這樣的手法會有這麼意外的效果嘛？偵探沒有達到「反將一軍」的目的。另外謎團設計上也稍嫌普通些。

路那：我覺得這轉折是還好。或許讀者不會感到意外，但小說裡的角色感受到意外性這方面，我是還能接受。在全部作品中我並沒有特別喜歡這篇，但純就推理小說而言，我覺得這篇還算是不錯的作品，布局上很出色，但在人物性格描寫與文字方面需做加強。

謎熊：這是一篇有趣的犯罪小說，故事有多重轉折卻又寫得合情合理，結尾的意外性也有不錯的發揮，缺點則是縱火（電線走火）的描述有點凌亂，如能加上圖解可以會更好。另外人物個性變化過大（李武慶從一個不負責任的花花公子一下轉變成專情男且動了殺機），欠缺說服力。

冷言：我覺得最後以「不雅照」這段來收尾，應該是有個目的。主角女友本來沒有要結婚，但某天突然告訴他已懷孕，所以兩人返台匆匆安排婚事。當主角看到偵探丟出「不雅照」，應該會聯想到未婚妻腹中小孩或許不是他的，這樣應會有讓主角「震驚」的效果。

冬陽：敘事人稱從第一跳到第三又跳回第一，只是為了交代資訊，這樣的安排不佳。即便是第一人稱敘事，閱讀起來很明顯是作者要「我」交代事件的情節線索，極不自然。作者應先想好故事發展後，藉由布局安排讓角色演（呈現）給讀者看，這點寫作基本需多多加強。而結局突兀，情節老套；故事的題旨是什麼？真相、正義是否被伸張？寫作者應想清楚。

033〈山婆假燒金〉

冷言：台推徵文獎舉辦了這麼多屆，我一直覺得應該要有像這樣一篇日治時期背景的作品進入決選。整篇作品是好看的，雖然第一頁、二頁充斥較多生澀名詞，讓我讀得比較痛苦，但第三頁之後就很順暢。這篇最大的問題就是讓整個町吃掉一個人來滅證，但每個人在知情的情況下都敢吃人肉？最後是以我最不喜歡的手法作結：町內每個人都是兇手、所有人來欺騙一個人，結果最後還是被發現真相，跟《恐怖的人狼城》有幾分相似。切下某器官的舉動顯得多餘，和尚努力幫大家脫罪這一點也很奇怪。

路那：這篇我滿喜歡的，把時代氣氛、史實、小說語言融合得頗完美，讀起來也很愉快。但有個致命問題是：為什麼全村要聯合起來殺一個人，然後又讓一個外來人發現？如果全村這麼齊心協力，把死者埋起來使其消失不就成了？除了這個漏洞之外，其他方面的表現都還好。

冷言：我推薦這篇，是因為十多屆以來，都還沒出現這樣的時代背景、這樣筆法的作品。

路那：我之前也很期待本土推理能有這樣的作品出現。雖然前面說過它有致命問題，但我也幫它預想過辯護理由：如《德國集體殺人村》，也是類似的概念，一個外來人偶然撞見村中的秘密，進而揭開真相。其實這種集體殺人聚落的方式，我還可以接受，因為它就是一個緊密的村落共同體，加上當時與日本政府對立的戲碼，我覺得是可以列入推薦。

胡杰：原先在細讀這十三篇作品前，這篇的篇名、題材、時代背景，是讓我最難進入的一篇，但十三篇全看完後，卻是我最想列入推薦的兩篇之一。它的真相非常驚人，然後用字遣詞與人物塑造，都還滿符合時代氛圍。但全篇最大的問題在於動機，為什麼會有這麼多村民配合殺人事件，而且還是吃人肉這樣的反常行為，因此作者很有必要把動機再加強。就算在這年代，吃人肉也不是很讓人接受的事，動機方面可以再設計得更合情合理，比方若村民不知道那是人肉成為共犯來分食，或許還比較合理。

冬陽：結合日治時期歷史情境的設定頗具巧思，偵探、助手的組合不落俗套，加上以這句俚語作為點睛篇名，讀來讓人眼睛一亮。文字使用與敘事節奏都是這次入圍十三篇作品中屬最成熟一級的，雖然沒有什麼驚人詭計，但布局細膩，推敲合理，是篇穩健但嚴格說來稍嫌欠缺驚喜的作品。此外，和〈意外計畫〉、〈蜀先主遺詔〉有類似的問題：真凶未獲制裁。但這篇我比較能接受如此安排，只是覺得偵探清藏律師在故事前半的表現，即便欲對行凶者（們）網開一面，也應有更巧妙的安排或說法才是。

謎熊：一篇畫虎不成反類犬的犯罪小說，作品中很明顯看到經典短篇〈兩瓶調味醬〉（Two Bottles of Relish，Lord Dunsany）的影子，全村人共同殺害人並滅屍的手法又有點《東方列車謀殺案》的味道，但是整個故事處理起來卻處處不自然，如果真如文章所說被害人那麼顧人怨的話，殺了人往山溝一丟，對於外地客來說根本不會知道少了一個人，整個故事完全不需要大費周章搞什麼出現內裝生殖器盒子的這種手法，此外，這篇故事的敘事模式十分紊亂，過多不必要的描述降低了故事的可讀性。

034〈ETC殺人事件〉

冷言：這篇有個致命傷，感覺整個故事只寫完上半段，主要劇情正要開始它卻結束了。全篇一直在講主角的犯罪計畫，最後謎團終於出現了，整個計畫中應該要被陷害定罪的阿達，到底是怎麼發現他的犯罪計畫？怎麼發現主角跟老婆有一腿？又怎麼讓警方混淆殺狗者的身分？雖然作者在文後說「這些都不重要了」，但在我看來這些都很重要，讀者就是想看這些的，應該是要交代清楚。

路那：我覺得作者沒有處理好，如果主角想到他在哪個地方露出破綻，只要加以說明，阿達這部分就可以解決了。

冷言：所以這篇根本就沒有解謎呀！到了最後謎團出現，但卻沒有解下去，內文就結束了。

路那：當初在看的時候，我覺得各方面的平衡感不錯。他在交換殺人基礎上，提出一個交換棄屍的作法，是個舊瓶裝新酒的概念，有這樣的創意是滿難得的。

冷言：有結局但沒解謎，這點是最大的問題，所以我現在有點想把它剔除掉。完全沒有解謎篇幅，該怎麼將它列入推理小說？全篇只是把犯罪計畫交代完了，但事實發展跟計畫不符合，接下來應該才是精采的地方，小說就突然結束，主角到底為什麼被反將一軍，卻都沒說明。讀者就是想看阿達為什麼會發現、逆轉，整個把它翻轉過來。感覺阿達就是聽命行事的人，但怎麼突然智商變得這麼高？

路那：我覺得它是最後要安排一個逆轉的結局。如果將它視為犯罪小說我覺得可以，作者應無義務一定要把後續解釋寫出來。從布局、情節、寫作技巧等各方面來看，這是篇有可看性的作品，冷言說的或許是個問題，但不應該會是讓它進決選的阻礙。我對這篇的評價是，可以進決選但無法拿首獎。

胡杰：冷言說得也沒錯，我也覺得這篇不算推理小說，屬性比較像是「驚奇小說」，留下一個令人錯愕的結局，整個結構看下來並沒有解決謎團的部份，不過我還滿喜歡這篇的。類似的爭議在去年決選中也出現過，要怎麼在好的小說或推理小說中取捨是個兩難問題。

謎熊：這是一篇解謎趣味十足的故事，作者精心策劃了一個交換棄屍的詭計，結尾的設計也達到不錯的效果，但我覺得有幾個可以改進的地方。比方阿達殺妻的時間點可能有問題，根據文中敘述，他與羅建民吵架時間為五日晚間八點，還鬧上派出所，肯定浪費不少時間，之後他還得飛車回楊梅（他也不太開車，路肯定不熟），找到外遇的妻子再予殺害（時間點約為十點左右），我認為執行上有很大問題。另外，租車的車牌號碼相似的機率實在太小，無法令人信服，而且這樣做更會引起租車業者注意，這種設計有點多餘。最後結局雖然有意外性，但真兇逃過制裁，有點美中不足。

冬陽：以時事入題，增添閱讀趣味，並為「交換殺人」這個老哏加入新意，是篇新瓶裝老酒的不錯嘗試。在布局方面，用對話推動情節發展順暢，最後的逆轉設計不壞，不過訊息藏放之間可以再更熟練些，尤其採第一人稱敘事時，這樣可讓全篇在公平性與意外性上有更好的表現。而註釋是多餘的，可放進故事的陳述裡或整個拿掉，寫作者應將閱讀的流暢性列入考量。

路那：目前這篇得到四票了，所以可以進入決選。

冷言：但要記錄我「堅決反對」這篇入圍，就我的定義來看，它不算推理小說。因為如果讓它進決選，未來可能會有人也照這種模式來寫，這不是個好現象。但若小說後面提出的謎團都可以完美解決，它是可以拿首獎的作品。

040〈推理遊戲〉

冷言：對我來說是個五分鐘解謎，不算是小說。我覺得這篇有個致命問題：裡面用了毒殺手段，沒說清楚是什麼毒藥，完全按照作者意思來決定藥性，不是現實的東西。

胡杰：我的看法是跟冷言一樣。

冬陽：很棒的安樂椅神探故事，互通的雙層布局相當精采，充分顯現邏輯解謎的趣味。唯篇名太平淡了，可以想個更厲害的。

路那：雖然我投了這篇，但並沒有特別喜歡。詭計還算ＯＫ，結局發展在意料之內，角色描寫上有點「中二」。我覺得在動機跟疑點的部份有點問題。兇手如果是秘書的話，她應該會對死者的生活瞭若指掌。如果又是同居者角色，她要偽造死者信件根本易如反掌，她為什麼還要留下一個他殺的痕跡，在密室裡自殺不是更合理嘛？其實自殺也無須特別找理由，沒有他殺證據就會被認定自殺。

冷言：我覺得這故事安排不合理。文中是設定秘書的朋友提出一個謎題，宣稱如果沒人可以解開，那位朋友就會去實行同樣犯罪，而後來隱約可知道朋友之說是杜撰，該秘書可能就是提出謎題者。這裡就有一個奇怪的地方：我自己犯了謀殺罪，幹嘛去機場跟一個陌生人講？講到後來解開謎題了，發現秘書是兇手，但兩人就在機場互道拜拜各自飛走？

謎熊：一篇設計還不錯的密室推理，但是這個作品缺乏故事性及合理性（兩個陌生人在機場偶遇後閒聊一樁可能發生的命案並進而推理，實際上發生機率趨近於零），雖然作者文中一再強調不是推理謎題，但是讀完後我仍然認為這就是一道推理謎題，在詭計方面，雖然有一些小瑕疵（秘書既是情婦，警方在現場肯定會發現一些指紋，很快就可發現兩人之間關係，此外，逃生梯的設計也很突兀，一般高級住宅大樓不會有這種破壞外觀的設計），但大致上是說得通的。我之所以不會推薦入決選是因為這篇只能算推理謎題，與我想看的故事有一點落差。

路那：嗯，這就是我很無法接受的。如果整個程序要搞得這麼複雜，幹嘛不一開始就弄成自殺，還更為省事一些。

冷言：我們先把這篇擱在一旁好了，繼續往下看看有沒有更厲害的作品。如果有需要候補的話再讓這篇上場。

043〈平安夜的賓館總是客滿〉

路那：這篇只有胡杰是投反對票的，能說一下理由嗎？

胡杰：這篇有一個科幻的設定：末日要來臨了，但又可以透過特殊技術讓死亡的人於遠方再生，因此在這段法律空窗期發生了這樣的案件。我沒有投贊成票的原因，是因為我看不出來這樣的設定用意何在？如果沒有這樣的科幻背景，對於這篇小說的謎團是否會有什麼重大影響？感覺篇名很吸引人，但內文似乎不符合篇名給人的期待。

路那：如果沒有這樣的設定，死者肚中的小孩也許會正常出生，而不會變成無意義的存在。

冷言：這篇有個推理的漏洞很嚴重：文中有提到，A同學塗上指甲油的原因，是為了要掩飾其本身的血液是藍色的。可是血液會變藍這件事，是製藥廠才知道的副作用。如此安排等同於偵探是「全知」的角色，他解謎前就知道兇手的血液是藍色的。可是文中卻一直等到真兇落網時才招認有藥品副作用這件事，這樣的推理邏輯是不對的。

路那：最後解謎段落有提到「A同學只說『藍色的嘴唇』而不是『嘴唇塗成藍色』，A同學對化妝、衣著方面的眼力是很準的。於是我便猜測兇手的藍色嘴唇不是化妝，而有其他原因……」。從這樣看，「藥品副作用」應該是後來兇手落網才說出來的？

冷言：不過結合下文一起看「那跟替A同學塗上指甲油的原因相同。塗上藍色指甲油不是為了掩蓋被她抓傷的血跡，是為了掩蓋『血液是藍色』這一點……」直到最後判定賣藥人就是兇手，如果不是偵探事先就知道藥品副作用的話，不可能會有這樣的推理，因為一般人不會有「普通人身上流著藍色血液」這種不合常理的想法。如果作者可以在前文稍稍提到藥品副作用的問題，那麼這篇的推理就合理了。

冬陽：多重布局，次第解謎，科幻性的設定都有不錯的發揮與解釋。詭計雖然不強，但整體性相當好，節奏掌握也得宜。

謎熊：我覺得是有創意的未來科幻推理，詭計方面十分簡單，但是卻做得不錯。不過文字運用上可以再加強一點，故事也過於平淡，沒有太多高潮與意外性。

評選結論

冷言：我在想〈意外計畫〉或〈愚者進行曲〉這兩篇，雖然故事比較平淡，但在人物描寫跟謎團設計上，我覺得是表現相對平穩的作品，沒有很亮眼的優點，但也沒有重大的錯誤。有沒有可能讓其中一篇進入決選？個人是比較傾向〈意外計畫〉。我喜歡〈愚者進行曲〉的行文方式，謎團或推理則完全無愛；〈意外計畫〉至少還有個「紗窗」橋段撐場。

路那：〈意外計畫〉加上冷言一票，現在有三票了。冬陽不在場，那胡杰你這邊看法如何？

胡杰：我這邊可以。我原本力保入圍的是〈山婆假燒金〉跟〈ＥＴＣ殺人事件〉這兩篇，但後者的致命問題正如冷言所提出的，我認為有道理。如果要改選其他篇的話，〈意外計畫〉這篇的表現我可以接受。

路那：我不喜歡這篇，但以推理小說來講，它算是滿不錯的作品。

冷言：我還是希望這屆入選作品裡，能有一篇像這樣比較接近本格的作品。

路那：對我來說，我覺得〈意外計畫〉跟〈推理遊戲〉的評價在伯仲之間。

冷言：如果〈推理遊戲〉最終會被剔除的話，我覺得還是在毒藥藥性的設計上。作者如果有說明是什麼毒藥那當然沒問題，但問題是他對藥性說得很清楚、但卻沒說明是什麼毒，毒藥性質在推理小說方面是個很死的設定，不可以推翻。但如果是像〈平安夜的賓館總是客滿〉這種科幻背景的設定就沒問題。比方文中提到「……維特是中毒而死。使用的是一種味道輕微，但致死量極低且速效的毒物，在維特體內驗出的劑量超過致死量的數倍……」，現實中真的有這樣的毒藥？症狀寫得這麼清楚，就應該要把這種毒藥名稱寫清楚。

路那：我覺得作者有寫出毒藥的設定了，但至於世界上是不是真的有這種毒物，這部份應該算是作者的創作自由。個人認為如果是毒藥名稱寫對、症狀寫錯才是大問題。

冷言：這種情況當然也是大問題。但這篇是連那種毒藥是否存在都是問題。所以如果〈推理遊戲〉跟〈意外計畫〉放在一起評選，我會因為毒藥這問題放棄它。

路那：那胡杰的意見是？

胡杰：我個人是力挺〈山婆假燒金〉與〈ETC殺人事件〉這兩篇，其他篇就沒那麼堅持得入決選了。

最後評審決定〈意外計畫〉、〈山婆假燒金〉、〈ＥＴＣ殺人事件〉、〈推理遊戲〉、〈平安夜的賓館總是客滿〉五篇入圍。

要推理系列

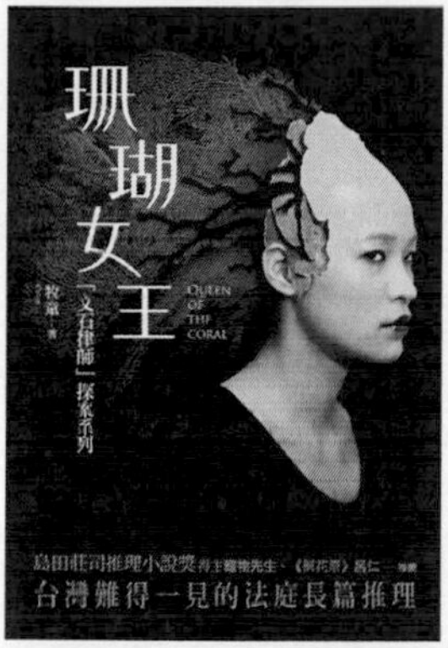

珊瑚女王——「文石律師」探案系列

牧童　著　　定價250元

知名跨國服飾公司總經理陳屍自宅，兇手當著管理員的面前逃走。

證人指證歷歷、證物當場查獲、動機至為明顯，但是兇手為何大聲喊冤？言行怪異、特立獨行的律師文石，面對「定罪魔手」檢察官楊錚的強勢論告、委任人再三關切的壓力、及毫無勝訴希望的絕對困境中，要如何找出真相為被告辯護？兇手到底是不是被告、抑或真的另有其人？

證據與真相間的距離有多遠？墾丁外海中的珊瑚，竟是破解凶殺動機的密碼？看智慧過人的文石律師與亮麗活潑的助手沈鈴芝如何聯手搞笑、在危機中破案！

殺人偵探社

凌徹　著　　定價250元

一間會殺死委託人的偵探社。聽到這個奇妙的傳聞時，沈柏彥感到非常驚訝。

從朋友的敘述中，沈柏彥得知，過去在江氏偵探社裡曾經有一位名叫葉永杰的偵探。

兩年前，葉永杰在殺人之後自殺。一篇內容描述偵探即將殺害委託人的小說。沈柏彥覺得很意外，他原本以為傳聞並非事實，卻沒想到竟會看見這篇小說。

更奇怪的是，寫這篇小說的人，竟在廢棄公寓裡殺人之後自殺。就像是兩年前偵探殺人事件的翻版，同樣的事件，竟然又發生了一次……

死亡遊戲——台灣推理作家協會第十屆徵文獎

台灣推理作家協會　編　　定價199元

虎姑婆島舉辦虛擬的「死亡遊戲」，為何變質成真實命案？
台灣「高譚市」接連發生幾起離奇意外，市民卻紛紛「額手稱慶」？
宅男工程師如何與炸彈客們鬥智，順利吃到午餐便當？
她失去左眼救回一名少年，為何又對他痛下殺手？

考場現形記

秀霖　著　　定價250元

明熹宗天啟末年，在舉行會試科考的北京貢院內，竟發生一起離奇命案！
現場沒有凶器、沒有足跡，隨時都有數名士兵巡邏，一名舉人卻憑空遇害！
九年後的崇禎年間，貢院試場的密室殺人事件又再次重演！
這次的受害者竟然還是內定高中的新科舉人！
適逢東林黨爭，東廠、錦衣衛橫行之時，一樁動搖大明帝國存亡的密謀，卻在十餘年前就已悄悄展開……

死刑今夜執行

思婷　著　　定價250元

收錄〈神探〉、〈好好拍照〉、〈客從台灣來〉以及第一屆林佛兒推理小說獎第一名〈死刑今夜執行〉、第二屆林佛兒推理小說獎第二名〈最後一課〉、第三屆林佛兒推理小說獎推薦獎〈一貼靈〉
思婷在台灣推理文壇無疑是獨一無二的存在。
思婷的作品確實不是最多、可能不是最好、也並非最有名，但錯過思婷，你一定誤解台灣推理小說全貌，因為你漏失了台灣推理小說最特異的一塊拼圖。

要推理系列

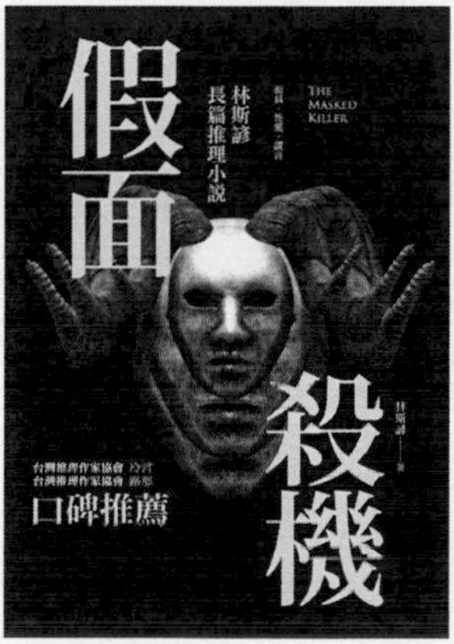

假面殺機——林斯諺長篇推理小說

林斯諺　著　　定價250元

艾洛信奉性愛至上，不相信愛情的存在。偶然間，他加入了以「性遊戲」為號召的祕密會社。會社進行活動時，十名成員臉上都必須戴著神話裡性愛之神的面具，並以紙牌遊戲進行配對。

艾洛不可自拔地陷入這場縱慾遊戲，並認識了一名令他迷戀的女人。在追求的過程中，艾洛那「有性無愛」的信仰逐漸受到挑戰；同時，兩人也被捲入會社中的犯罪事件。

凶手究竟是誰？在這場充斥著面具、性愛、謊言的風暴中，兩人又該如何全身而退？

倒帶謀殺——台灣推理作家協會第十一屆徵文獎作品集

台灣推理作家協會　編　定價250元

惡意火◎吳柏翰：消防員紅衣天使般的形象下卻被捲入殺人的惡意計謀，又引爆了一場大火。

三分之一的殺人◎燼霖：當生物碩士生發現自己的論文心血被指導教授竊取發表，一股執著的恨意在他心中萌生……

末日的笑靨◎余峯：一位國中生聯合女友偷班費以支付墮胎，當他以為一切能完美達成之際，他的末日卻悄悄來臨。

倒帶謀殺以及連環殺人魔的困擾◎四維宗：在遊樂場工作的美麗姊妹實際上是一對殺人魔，當她們看到社交網站上受害者的尋人啟事，卻開始疑惑那天輕易到手的獵物，是否真的如表象那般單純？

霧影莊殺人事件——林若平探案系列

林斯諺　著　　定價240元

花蓮天河大學哲學系教授林若平，平時是位戴著銀框眼鏡，舉止斯文、惜字如金的彬彬學者；一遇到犯罪案件，卻彷彿脫胎換骨，眼睛彷如注入活力、分析起案情來井井有條、滔滔不絕。他是個在理性與感性中掙扎的人，看待世界充滿感性，但同時卻又被理智的邏輯所支配。
某次偶然機會，林若平受邀至霧影莊參加推理有獎徵答活動，不料當晚山莊主人成為槍下亡魂！對外交通中斷的霧影莊，究竟誰才是殺人兇手？！（〈霧影莊殺人事件〉）。而林若平順利抓出兇手後，自此接受不少來自警方的辦案委託或者一般民眾的私人委託，更陸續偵破不少謎案……（〈羽球場的亡靈〉、〈向日葵輓歌〉、〈霧林村的慘劇〉）

罪愛——犯罪長篇小說

紀富強　著　　定價400元

一個雨夜，警察顧天衛的未婚妻蘇甜被人強暴、毀容後殺害，凶手諸葛超自首入獄，並被判死刑。半年後，刑警隊在一次抓捕行動中，抓獲一名交通肇事逃逸者楊易金。顧天衛和九十後的民警米臣審訊楊易金時，卻發現楊搶劫過諸葛超，且作案時間竟與半年前的凶案發生在同一天，也就是說諸葛超雖有強奸嫌疑，但根本不具備殺人時間！
至此，昔日凶殺案背後的隱秘逐漸顯現。此時，諸葛超突然自縊身亡，留下令人匪夷所思的遺言和塗鴉。調查仍在繼續，謎題交疊出現，凶手一個個浮現又一個個被排除，最令人震驚的是先前經辛苦追查獲得的關鍵證據卻在關鍵時刻突然斷裂和崩散，警察之間也由默契和信任，逐漸變得懷疑和對峙，直至兄弟相殘鑄成大錯……真凶究竟是誰？

要推理10　PG1167

要有光
FIAT LUX

平安夜的賓館總是客滿

——台灣推理作家協會第十二屆徵文獎

編　　者　台灣推理作家協會
責任編輯　黃姣潔
圖文排版　周妤靜
封面設計　秦禎翊

出版策劃　要有光
製作發行　秀威資訊科技股份有限公司
114 台北市內湖區瑞光路76巷65號1樓
電話：+886-2-2796-3638　傳真：+886-2-2796-1377
服務信箱：service@showwe.com.tw
http://www.showwe.com.tw
郵政劃撥　19563868　戶名：秀威資訊科技股份有限公司
展售門市　國家書店【松江門市】
104 台北市中山區松江路209號1樓
電話：+886-2-2518-0207　傳真：+886-2-2518-0778
網路訂購　秀威網路書店：http://www.bodbooks.com.tw
國家網路書店：http://www.govbooks.com.tw
法律顧問　毛國樑　律師
總 經 銷　易可數位行銷股份有限公司
地址：231新北市新店區寶橋路235巷6弄3號5樓
電話：+886-2-8911-0825　傳真：+886-2-8911-0801
e-mail：book-info@ecorebooks.com
易可部落格：http://ecorebooks.pixnet.net/blog

出版日期　2014年7月　BOD一版
定　　價　260元

國家圖書館出版品預行編目

平安夜的賓館總是客滿：台灣推理作家協會第十二屆徵文獎 / 台灣推理作家協會編. -- 一版. -- 臺北市：要有光, 2014.07

面； 公分. -- (要推理 ; PG1167)

BOD版

ISBN 978-986-90474-3-2 (平裝)

857.81 103010509

讀者回函卡

感謝您購買本書，為提升服務品質，請填妥以下資料，將讀者回函卡直接寄回或傳真本公司，收到您的寶貴意見後，我們會收藏記錄及檢討，謝謝！

如您需要了解本公司最新出版書目、購書優惠或企劃活動，歡迎您上網查詢或下載相關資料：http:// www.showwe.com.tw

您購買的書名：＿＿＿＿＿＿＿＿＿＿＿＿＿＿＿＿＿＿＿＿

出生日期：＿＿＿＿年＿＿＿＿月＿＿＿＿日

學歷：□高中（含）以下　□大專　□研究所（含）以上

職業：□製造業　□金融業　□資訊業　□軍警　□傳播業　□自由業

□服務業　□公務員　□教職　□學生　□家管　□其它＿＿＿

購書地點：□網路書店　□實體書店　□書展　□郵購　□贈閱　□其他

您從何得知本書的消息？

□網路書店　□實體書店　□網路搜尋　□電子報　□書訊　□雜誌

□傳播媒體　□親友推薦　□網站推薦　□部落格　□其他＿＿＿＿

您對本書的評價：（請填代號　1.非常滿意　2.滿意　3.尚可　4.再改進）

封面設計＿＿　版面編排＿＿　內容＿＿　文／譯筆＿＿　價格＿＿

讀完書後您覺得：

□很有收穫　□有收穫　□收穫不多　□沒收穫

對我們的建議：＿＿＿＿＿＿＿＿＿＿＿＿＿＿＿＿＿＿＿＿

請貼
郵票

11466
台北市內湖區瑞光路 76 巷 65 號 1 樓
秀威資訊科技股份有限公司 收
BOD 數位出版事業部

（請沿線對折寄回，謝謝！）

姓　名：＿＿＿＿＿＿＿＿　年齡：＿＿＿＿　性別：□女　□男

郵遞區號：□□□□□

地　址：＿＿＿＿＿＿＿＿＿＿＿＿＿＿＿＿

聯絡電話：(日) ＿＿＿＿＿＿＿＿　(夜) ＿＿＿＿＿＿＿＿

E-mail：＿＿＿＿＿＿＿＿＿＿＿＿＿＿＿＿